# MODÈLE VIVANT

Dessinateur et scénariste de bande dessinée, romancier et réalisateur de cinéma (César du meilleur premier film pour *Gainsbourg, vie héroïque*, et César du meilleur film d'animation pour *Le Chat du rabbin*), Joann Sfar est né à Nice en 1971. Intarissable conteur, il puise son imaginaire foisonnant dans la fiction populaire et le folklore lié à ses origines juives, qui imprègne nombre de ses albums, comme *Klezmer* ou *Le Chat du Rabbin* – la série qui l'a imposé auprès du grand public et s'est vendue à ce jour à plusieurs millions d'exemplaires. En 2013, il fait une entrée remarquée dans le monde du roman avec *L'Éternel*, puis *Le Plus Grand Philosophe de France*, *Comment tu parles de ton père*, *Modèle vivant* et *Le Dernier Juif d'Europe*.

*Paru au Livre de Poche :*

COMMENT TU PARLES DE TON PÈRE

L'ÉTERNEL

FARNIENTE

LE NIÇOIS

LE PLUS GRAND PHILOSOPHE DE FRANCE

VOUS CONNAISSEZ PEUT-ÊTRE

JOANN SFAR

# *Modèle vivant*

ALBIN MICHEL

ISBN : 978-2-253-26242-8 – 1re publication LGF

# 1

J'ai écrit toutes ces pages partagé entre la crainte qu'un livre sur le dessin n'intéresse personne et la certitude que c'est un travail sur des questions universelles. À chaque ligne, la question de la violence, du nu et de la délicatesse est posée. Je n'écrirai jamais de manuel de dessin, ça n'aurait aucun sens. Mais j'ai besoin de parler pour le dessin, parce que personne n'y comprend rien, moi le premier.

## 2

Le désir, c'est beau. L'envie de posséder, de dévorer, c'est atroce ; ou ça peut l'être. J'aime le dessin car il permet de transformer la fascination pour l'autre en une image. Le dessin est là pour quand la vie ne suffit pas. Plutôt que des tables rondes et des chartes de bonne conduite, pour contenir la monstruosité de notre espèce, on devrait enseigner davantage le dessin comme alternative à la dévoration.

La directrice des enseignements de l'École des beaux-arts m'écrit à sept heures du matin. Elle me demande si c'est trop tôt pour me parler. Je me dis que ce doit être urgent. Peut-être que notre école a enfin réussi à dénicher un grand artiste. C'est un stress difficile à comprendre pour ceux qui ont suivi un cursus professionnalisant, mais l'École des beaux-arts de Paris ne sert qu'à une chose : trouver le ou la nouvelle Picasso. Pas la bagnole, le peintre. On cherche mollement. On n'a pas encore trouvé, je crois.

Ce n'est pas pour ça qu'elle m'écrit. Je la rappelle. Mme la ou le – je ne sais plus, je découvre l'écriture inclusive – ministre de la Culture, Françoise Nyssen, donc, a décidé de prendre à bras-le-corps le problème des inégalités hommes-femmes et des abus sexuels, et de tout régler. D'ici deux heures. À l'école. Devant plein d'élèves ? Non. L'école a pour instruction de sélectionner un petit panel d'étudiants et deux ou trois profs. Manque de bol, je fais partie des condamnés à assister au spectacle.

J'ai enfilé mon déguisement de professeur de bande dessinée, à savoir un blouson plein d'écussons, des bagues et des baskets. Puis j'arrive là-bas. Il faut se réunir en antichambre avant l'arrivée de la ministre. On se retrouve dans le bureau des enseignements. Les élèves sont déjà assis en rond sur des chaises, la mine grave. C'est du sérieux. Le panel a été sélectionné de façon tellement caricaturale que ça me fait marrer. Dès que je me marre, ça stresse tout le monde. Il y a six filles. Trois élégantes, bien élevées et très organisées qui prennent des notes. Une débraillée cheveux partout qui rougit, roule des yeux et s'énerve. Les premiers mots que j'entends sont : « De nombreuses plaintes sont classées sans suite. » Ceux qui sont le plus remontés contre l'injustice faite aux femmes sont bien entendu deux garçons. L'un qui se tournicote les cheveux et l'autre qui se gratte la barbe. Ils ont des chevilles plus longues que leurs jeans. Ils sont très en colère. Ils connaissent « des dizaines d'histoires » de harcèlement. « Que doit-on en faire ? » Sous-entendu : « Vous savez, on peut déclencher l'Armageddon, vous êtes dingues de nous mettre face à la ministre, vous n'imaginez pas comme on est des fous libertaires. » Je me permets de leur rappeler qu'ils sont là pour le spectacle et que la ministre, ainsi que les journalistes invités, vont adorer tout ça. J'essaie de leur faire comprendre que leur révolte fait partie du spectacle et n'a rien d'imprévu. Visiblement, ça déplaît.

J'en rajoute, je leur dis que du temps où j'étais étudiant, un de mes professeurs avait eu une histoire avec une élève. Un baiser je crois. À l'initiative de l'élève. Et devant quarante élèves la fille en question avait fait une scène au professeur. Parce qu'il ne souhaitait pas être en couple avec elle. Je ne me souviens plus du détail. Ce que je sais, c'est qu'ensuite cette étudiante était allée porter plainte au commissariat, pour agression sexuelle. Toute la classe avait vu l'inverse. Toute la classe l'avait vue draguer le prof et tout faire pour qu'il finisse par l'embrasser, puis il lui avait dit que non tout ça n'était pas possible. En l'occurrence, oui, la plainte avait été jugée non valable, parce que de nombreux témoignages avaient prouvé que l'étudiante avait menti. Elle avait fini par avouer avoir tout inventé par dépit, je crois. Où je voulais en venir ? Au fait qu'avant que la police ne donne son verdict, la direction de l'école ainsi qu'un collège d'enseignants avaient signifié au professeur son interdiction d'enseigner. Je me souviens d'avoir vu ce prof devoir quitter l'école le temps de l'enquête. Je me souviens d'avoir vu des affiches ou pétitions contre lui sur les murs de l'école. À cause de ça, le professeur avait divorcé.

Je crois qu'en quelques mots j'ai tenté de dire aux deux jeunes justiciers qu'il était important de libérer la parole des victimes. Et qu'il fallait les faire réagir, leur indiquer le bureau de la direction de l'école, leur dire qu'ils peuvent aussi avoir recours à la police. Je trouvais aussi un peu déplacé de leur part de prendre parti dans des histoires dont ils ne connaissent pas grand-chose. Il me semble que ce n'est pas le rôle des mômes de se mettre en avant en dénonçant des faits dont ils ne sont pas certains.

Bien entendu, rien n'est plus dégradant pour une victime que de n'être pas crue. Mais qu'un gamin fasse le malin en parlant à sa place n'est pas une solution. Je suis méchant, je suis con, mais je n'ai rien vu de sincère ni de vrai dans l'agitation courroucée de ces deux jeunes hommes favorisés, blancs et en pleine situation de pouvoir, qui utilisaient les drames des filles pour se faire valoir.

La ministre arrive. Le directeur me fait savoir que le plus préoccupant dans tout ça serait que l'École des beaux-arts soit rattachée au ministère de l'Éducation. On est très bien sous la tutelle du ministère de la Culture et on ne voudrait pas que ça change. Il a raison, au milieu d'un tel exercice d'autopromotion ministérielle, autant chercher quoi faire d'utile pour notre école.

Moi, ce qui m'angoisse, c'est que je forme des dessinateurs, des illustrateurs et des peintres, et la plupart n'auront pas de boulot en sortant. Je sais que même s'ils ont du succès, ils arrivent à un moment où ces professions-là vont être de moins en moins capables de nourrir les artistes. Voilà de quoi je devrais parler à la ministre. Un auteur de bandes dessinées gagne beaucoup moins que le smic en moyenne. Le dessinateur de la BD que vous achetez gagne moins de blé que le gars qui ramasse vos poubelles. Je respecte la corporation des ramasseurs de poubelles, loin de moi l'intention d'établir une hiérarchie. Si un enfant veut comme jouet un camion-poubelle, il faut le lui acheter. Mais disons que j'aimerais bien que les dessinateurs de BD débutants aient l'opportunité d'être payés autant que les conducteurs de camions-poubelles.

Le pire, sans doute, c'est que même s'ils ont du succès, les artistes continuent de gagner moins que les autres professions. On leur a créé une caisse de retraite l'an dernier mais comme il faut la remplir, on a amputé tous les artistes auteurs français d'un mois de revenus par an. Ça suffit ? Non. Le gouvernement actuel a décidé d'une hausse de deux pour cent de la CSG pour tous les actifs, hausse qui sera compensée par d'autres avantages pour tous les métiers de France sauf pour les artistes auteurs. C'est tout ? Non. Pour ceux qui ont eu la chance de rencontrer le succès, il y aura cette méthode d'imposition sur cinq ans, qui fera la moyenne de leurs revenus de plusieurs années et les amènera parfois à payer des impôts sur des sommes qu'ils n'auront plus depuis longtemps. On est la seule profession qui se retrouve parfois à payer près de quatre-vingts pour cent d'impôts. La certitude que tout le monde s'en fout a fini par m'épuiser. J'ai évoqué cette situation avec quatre ou cinq ministres successifs : le métier d'artiste fait moins rêver que celui de présentateur télé et c'est un problème de société. Françoise Nyssen a un si beau sourire, qui ressemble tant à celui de ses prédécesseurs, que je ne lui en parle même pas. Je me dis qu'un jour on tentera de bloquer les autoroutes à bord de nos tables à dessin. Mais on ne sera peut-être pas assez nombreux pour que ça intéresse quiconque.

# 3

Après cette réunion j'ai écrit à mes étudiants, sur notre messagerie électronique :

… Pour mémoire la ministre a prévenu au dernier moment qu'on devait organiser, ce matin, une table ronde au sujet de l'égalité des sexes et de la discrimination. La cause est extrêmement louable, et des gens merveilleux étaient réunis autour de la table. Mais je viens de passer ma journée à me demander ce que Cabu ou Reiser ou Wolinski ou Bretécher auraient dit de tout ça. Voilà le genre d'initiative qui se termine toujours par : « Tout s'est bien passé. »
Le dessinateur n'a qu'une seule envie, c'est de raconter sa version des faits et de foutre le boxon.
Moi, je ne peux pas. Je n'ai pas le droit d'écrire ou de dessiner mon sentiment sur la réunion qui s'est déroulée ce matin en présence de notre ministre de tutelle. Je n'ai pas le droit de me moquer. Je n'ai surtout pas le droit de me moquer des étudiants, même de celui qui dit qu'il en a marre de la dictature des hommes de plus de cinquante ans et qu'il ne veut plus lire Emmanuel Kant car il en a fait le tour lors de son année de baccalauréat.

Voilà. C'est très ennuyeux d'être professeur car on n'a pas vraiment le droit de dire ce qu'on pense dès qu'un tartuffe, ou autre personnage de Molière, de La Bruyère et de La Fontaine, se pointe.

La seule élève présente de notre atelier était Consciencieuse. Je serais très très heureux si Consciencieuse faisait une bande dessinée de cette réunion.

Consciencieuse, tu as le droit. Lâche-toi.

À mon avis il y a matière à une vingtaine de pages pour faire beaucoup rire les vieux et les jeunes, les hommes et les femmes. Qu'en penses-tu ? Ou bien c'est moi qui suis méchant ? Tu as entendu cette élève qui a courageusement demandé à la fin : « Mais, madame la ministre, ça va servir à quoi tout ça ? » et la ministre de répondre : « Le simple fait de s'être parlé aujourd'hui ça sert énormément. » Consciencieuse, est-ce que ce sujet t'intéresse ? À mon avis c'est de l'or littéraire. Et c'est un miroir très juste et très lucide de notre pays, de ses institutions et de sa jeunesse favorisée.

Ce matin le sujet débattu était à mes yeux révélateur du ridicule de chacun. Ce qui est très drôle c'est que dans une réunion sur la violence et l'inégalité subies par les femmes, les deux personnes qui se sont le plus fait remarquer sont deux garçons blancs méga-favorisés et qui sont entrés dans une colère terrible, parce que surjouée, pour dire qu'ils avaient entendu plein de on-dit et que c'était leur mission de parler pour se rallier à la cause de… on ne sait pas ! Puis d'ajouter à quel point étudier Kant était grave. Et la ministre de les féliciter. J'ai adoré ce moment. Je suis toujours à la recherche de ces instants où la supercherie de nos codes de vie éclate au grand jour. Les vieux se sentent coupables de tout alors ils autorisent les jeunes à dire n'importe quoi, et tout le monde est content. C'était du Molière, mais en plus vache. À mon avis, ce matin personne ne pensait à dénoncer quoi que ce soit. Dans ces situations critiques il est urgent de tout transformer en comédie sinon on risque de se trouver face à de vraies raisons d'être triste. L'assistante sociale avait des choses très intéressantes à dire mais on lui a à peine donné la parole.

Les élèves ont réagi à mon message. Donc j'ai répondu à leurs réactions.

[7 : 45]
Angelot, je suis d'accord avec tout ce que tu dis : je crois qu'il faut se libérer des assignations identitaires, on peut s'en tirer en cultivant un sentiment universel, et en essayant d'en rire, et peut-être aussi en s'endurcissant. Personne n'a le droit de réduire quelqu'un à son origine, son ethnie ou son orientation amoureuse.

[7 : 47]
Consciencieuse, tu évoques des sujets graves et tu as raison. Je parle de professeurs qui auraient un comportement ambigu envers leurs élèves. Si cela arrive, même si c'est difficile, les réponses, les moyens de défense sont multiples et doivent être utilisés. Par exemple :
[7 : 47]
— Signifier gentiment au professeur qu'on considère son attitude comme du harcèlement.

[7 : 48]
— S'il ne comprend pas, parler à l'assistante sociale ou à la direction. Le bureau du directeur est toujours ouvert à tous, étudiants comme personnel d'encadrement.

[7 : 48]
— S'il est question de faits plus alarmants qui relèvent de l'abus ou du viol, il existe des commissariats de police.

[7 : 50]
Ce que m'ont dit l'assistante sociale et une enseignante hier est un peu différent : elles font entrer en ligne de compte la notion de consentement et l'ambiguïté des relations profs-élèves. Je crois que le problème le plus répandu se trouve là et que c'est aussi un problème très sérieux.

[7 : 52]
Comme je l'ai dit hier, quand j'étais étudiant il y a trente ans, plein de profs sortaient avec des élèves et si on osait dire que ça nous choquait, c'était très mal pris, d'autant que les étudiantes qui étaient avec les profs en question utilisaient leur statut bizarre pour prendre le pouvoir dans l'atelier. J'espère vraiment que tout ça n'existe plus aujourd'hui. Et pardonnez ma naïveté si ces agissements ont encore cours actuellement mais je ne le savais pas.

[7 : 54]
Maintenant, mes points de désaccord. Oui nous sortons de deux mille ans de patriarcat monothéiste, mais non ça ne sert à rien de chercher un équivalent féminin à Emmanuel Kant. On n'aime pas Kant parce que c'est un homme blanc hétérosexuel cisgenre, on l'aime car il a mis le doigt sur des questions universelles. Je ne vais pas chercher des équivalents juifs à Michel-Ange car avant Chagall, les Juifs n'avaient pas le droit de peindre. Par contre le plus grand écrivain français est métis, Alexandre Dumas, et ça on peut s'en servir.

[7:56]
Où je veux en venir ? J'étais à la Tate Modern la semaine dernière, il y avait une expo sur des artistes russes et une autre sur le Black Power. J'aurais dû prendre des photos pour vous montrer car l'expo sur le Black Power était pleine d'un public noir et l'expo sur les Russes l'était d'un public russe. Pour moi, cela signifie que c'est un grave échec. Car ces deux événements devraient concerner tout le monde. Je crois que l'art doit être universel.

[7:58]
Pour le reste, vraiment, lisez *Chien blanc* de Romain Gary, ça résume tout ce qui ne m'a pas plu hier. Même pour les bonnes causes, les tartuffes sont toujours là. Dans ce roman, il y a une scène où le tout-Hollywood est réuni chez Jean Seberg pour du fund-raising en faveur des droits civiques. Et Marlon Brando prend la parole. Il pleure. Les dollars tombent pour soutenir cette bonne cause. Et Romain Gary finira par dire que les acteurs sont des salauds car « même dans cette situation, ils jouent ».

[8:00]
Pardonne-moi, Consciencieuse, mais hier j'ai vu deux jeunes hommes qui interprétaient des étudiants révoltés, et j'ai vu une ministre comme il faut qui jouait à écouter. Et comme selon moi tout ce petit monde prenait la pose, je les ai trouvés tous très mauvais, et je ne me suis pas senti très bien. Je te laisse croire à la sincérité de la jeunesse dont les joues s'empourprent quand elle défend une belle cause. Pour moi ce sont juste des prises de pouvoir. Celui qui crie et dont la voix vibre et porte bien y gagnera du prestige. Vous n'avez pas subi ça

à la fac ? Le délégué de l'UNEF qui a les larmes aux yeux en vous parlant de la loi travail ? Et qui utilise ça pour asseoir son autorité ? Pardon, je n'arrive pas à voir ce genre de choses sans causticité. L'habitude du dessin sans doute. Hier j'ai beaucoup aimé l'assistante sociale.

[8 : 05]
Bancal, je crois que le directeur n'y est pour rien ! C'est le cabinet de la ministre qui a appelé hier quasiment dans la nuit en ordonnant à Jaune d'organiser une table ronde et le premier mouvement de Jaune a été de rassembler plein d'étudiants… En fait le cabinet ministériel demandait peu d'élèves, triés sur le volet. Donc rassurez-vous, les deux couillons mal coiffés qui disaient : « On est révoltés » faisaient malgré eux partie du spectacle… et moi aussi sans doute avec mon blouson de dessinateur de BD. J'accepte tout ça sans aucun souci.
Mais il faudrait quand même en faire une BD.

# 4

J'adore cet établissement, c'est une école de gagas.

Hier la direction a écrit à tous les professeurs pour nous annoncer que durant trois jours de novembre il y aurait un grand rangement dans l'atelier. La prof de danse contemporaine – oui, il y a de la danse contemporaine aux Beaux-Arts : ça fait partie des ateliers d'ouverture aux disciplines étranges, comme le cinéma ou la bande dessinée par exemple. Ça m'amuse. Il a fallu attendre que l'on y enseigne la danse pour que les Beaux-Arts s'aperçoivent de l'importance de la bande dessinée dans une école créée autour du dessin, de la peinture et de la forme. Bon, on s'en fout. Et c'est la seule école où lorsqu'on vous envoie une circulaire officielle avec marqué : « Du tant au tant on nettoie l'école », la prof de danse contemporaine répond : « C'est formidable, nous allons en faire un exercice. Mes élèves vont danser ce rangement. Ne leur en veuillez pas si la performance déborde jusque dans les bureaux administratifs et dans les autres ateliers. » C'est génial. J'ai envie de prendre la prof de danse dans mes bras et de la féliciter. J'imagine des dessins de Quentin Blake représentant des étudiants très sérieux qui dansent le rangement des trombones, des papiers et font rouler artistiquement les chaises de bureau pour dénoncer le mal-rangement du monde. Je les aime.

C'est une école de semi-psychiatrie. Il y a trois semaines une dame a voulu nous forcer à la regarder à poil. Ça fait marrer mais ce n'est pas drôle. Elle va dans les ateliers lorsque le prof n'est pas là et elle dit aux élèves qu'elle est un modèle nu embauché par l'école et qu'elle va poser. Les élèves présents se sentent coupables car ils croient qu'ils ont oublié de noter qu'il y avait un cours de nu. Sauf que cette dame n'est pas inscrite dans l'école. Une nouvelle élève m'a écrit paniquée à ce sujet : « La fausse modèle est là, je fais quoi ? — Tu lui dis de partir. — Mais, Joann, elle ne part pas ! — Tu lui dis que je lui demande de partir ! — Elle s'en fout. Elle va se foutre à poil. » J'écris à la direction. La directrice des enseignements vient d'arriver dans l'école. Elle est obligée de venir dans l'atelier accompagnée d'une autre dirigeante et de signifier à l'intruse de se rhabiller.

Bienvenue aux Beaux-Arts.

Je donne à mes élèves des devoirs à faire. Chaque semaine un petit exercice pour souder le groupe.

Le premier exercice de l'année, c'était un pied. Nu qui marche. Qui enfile une chaussette puis une chaussure et qui marche. En séquence.

La semaine suivante j'ai demandé un arbre généalogique en ayant conscience de toute la cruauté de cet exercice. Une élève m'a dit : « Mais, Joann, si on est hostile à la notion de famille ? » Oui, je comprends. Tu parles à quelqu'un qui a passé son enfance à offrir des colliers de nouilles et des « Bonne fête, maman » aux maîtresses de son père, alors je comprends mais justement. Je souhaite voir les visages de tes parents, frères et sœurs, grands-parents et arrière-grands-parents, surtout si tu ne sais pas à quoi ils ressemblaient. Et bien entendu c'est à la fois un exercice d'introspection et un travail de dessin. Car pour toi ces visages charrient une émotion insoutenable mais pour le spectateur ce ne seront que des inconnus et il les scrutera en s'interrogeant sur ce qui a pu donner ces têtes et ce qui les relie. Le dessin parle aussi du temps.

Pour l'exercice numéro trois, afin de coller au thème des inconduites subies par les femmes dans le monde de l'art, je rouvre la revue *Bizarre.* Ça ne vous dit rien ? C'est une publication de vieux cochons américains des années cinquante. Le chef s'appelait John Willie, extraordinaire photographe et dessinateur. Il avait une passion assumée pour les dames qui se font des nœuds les unes aux autres. Du coup, il a passé sa vie à rejouer le drame de la blonde et de la brune. En général c'est celle aux cheveux noirs qui attache et tournicote les poignets de celle à la crinière de paille. Mais lorsque Bettie Page fait la brune, elle aussi se fait attacher. À l'époque, ce n'était pas très bien vu, ces déviances. Plus tard, lorsque j'étais étudiant aux Beaux-Arts de Paris, j'ai trouvé en deux volumes l'intégrale de la revue *Bizarre.*

Ce qui me faisait le plus peur là-dedans, c'étaient les travelos qui se mettaient sur le visage un masque de femme en latex. Je ne sais pas si ça s'appelle encore

« travelo », un type qui s'habille en femme et qui va jusqu'à mettre des gants et un masque en peau de femme. Comme il ne veut pas tomber sous le coup de la loi, masque et gants sont en plastique mais ça fout les foies. Ensuite il se fait les ongles, il se maquille, tout ça. Le résultat est un visage de cadavre pomponné, un peu comme celui d'une pute abîmée à l'acide. À la morgue, on aurait essayé de lui redonner son apparence d'antan pour ne pas trop choquer la famille.

Je souhaite faire travailler mes élèves sur les publicités de la revue *Bizarre*. Ça me semble ironique et ouvert. C'est l'occasion pour chaque étudiant de dire ce qu'il pense mais aussi ce qu'il ressent. Même s'il éprouve des choses moralement intolérables et à contre-courant. Je suis allergique aux devoirs idéologiques qui intiment à l'élève de bien rassurer tout le monde quant à son ancrage dans le camp du bien.

Il va falloir présenter l'exercice autrement car tel que je viens de l'exposer, il contrevient aux dispositions de la ministre. Vous avez bien compris que je ne prône la maltraitance de personne. Voici donc l'exercice numéro trois : à l'image des publicités du défunt magazine *Bizarre*, effectuez une série de dessins ou de peintures ou de photographies montrant une personne agressée qui finit par se défendre et qui s'en sort. La série d'œuvres devra prendre la forme d'une publicité pour le ju-jitsu, ou pour toute autre forme de combat violent. Le choix de ce sujet a pour but de vous sensibiliser au fait que le sexe est affaire de consentement mutuel, que la violence c'est mal, mais que parfois des gens méritent un bon bourre-pif. Cela a aussi pour objectif de vous rappeler à quel point *et* le sexe *et* la violence sont amusants à dessiner, mais c'est un exercice qui ne pardonne pas. Rien n'est plus facile que de louper un dessin qui représente le combat, le sexe ou la danse, autant d'activités différentes pour le commun des mortels mais qui comportent aux yeux du dessinateur les mêmes difficultés. Il s'agit d'animer deux corps, de les mettre en mouvement et de les confronter de façon surprenante. Il faut que cela émeuve le spectateur et qu'il y trouve matière à épancher ses pulsions de vie, de mort, de rire et de danse, des choses que le réel ne peut qu'imparfaitement satisfaire.

C'est pareil pour les petits, je donne toujours le même exercice lorsque je visite une classe de CM2 : « Si je déteste untel, personne vivante ou imaginaire, que cette personne est en conflit avec moi et que je rentre chez moi tout énervé, ai-je le droit de faire un dessin où je tue la personne en question ? » À cette devinette tous les enfants répondent en chœur : « Noooon ! ! ! ! Car tuer, c'est mal. » Ils ont raison, tuer c'est répréhensible en période de paix. Mais dessiner, ça n'a jamais fait de mal à personne.

Oui, je suis en train de vous dire que si vous dessinez bien, vous allez mettre à distance et peut-être empêcher des violences et des crimes. Grâce à vous, le démon restera prisonnier du papier. Pour les gosses, c'est un dessin. Pour les vieux cochons qui travaillaient dans la revue *Bizarre*, ça prenait la forme de publicités pour le ju-jitsu.

On y voyait donc une blonde agressée par une brune. Souvent la brune était aidée d'un malfaisant à moustache et bandeau sur les yeux comme les Rapetou dans *Picsou.* Ils attendent la blonde à un coin de rue, ils se préparent à faire leur mauvais coup façon Vil Coyote en chasse de Bip Bip. Et les images de la réclame ne font pas mystère des mille et une façons dont ils élaborent des nœuds autour des chevilles, des poignets et même autour des cheveux de la fille. Heureusement à la fin l'innocente victime parvient à leur casser la figure à tous. Et la page se termine par : « Mesdames, en ces temps difficiles et pour parer à toute éventualité, faites du ju-jitsu. »

Bien entendu, c'était la façon espiègle qu'avait trouvée John Willie pour échapper à la censure qui pesait à cette époque aux USA sur les magazines de cul. C'est drôle ces revues de cul où l'on ne baise pas. Je ne suis pas fétichiste. J'ai essayé, mais ça ne me correspond pas car cela représente trop de travail. C'est un peu comme la cuisine, il y a des tonnes de préparatifs avant de pouvoir avoir une relation sexuelle, peau contre peau, et s'embrasser. Finalement tous les religieux moralistes avec croix ou étoile ou turban devraient s'inscrire dans un club de shibari car c'est exactement la même chose : trouver trois cent mille rituels pour surtout ne jamais finir avec un zizi dans une zézette.

Vous connaissez la théorie du fétichisme ? On a eu tellement peur du sexe lorsqu'on l'a vu pour la première fois qu'on préfère rester fixé sur le dernier objet qui nous est apparu avant le dévoilement. En remontant le long d'une jambe de femme on trouve des chaussures, parfois à talons, un imperméable, un bas.

Donc le fétichiste va faire de son mieux pour en rester là avant de tourner la page.

Le livre est l'objet fétichiste ultime : on tourne la page, comme si on soulevait une jupe, sauf que le dévoilement ne vient jamais. Lire, c'est dévoiler l'objet du désir pour s'apercevoir que le voile est toujours là.

Je crois qu'on ne le dit pas assez : les spécialités sexuelles ont pour principale fonction d'empêcher les gens de baiser.

Ça n'a rien à voir. Mais ça a tout à voir.

# 5

Le fétichiste littéraire s'excite en manipulant les pages. Plus loin, proche de la passivité reptilienne de l'enfance, barbote le cinéaste : il observe bouche ouverte le jet continu des images – son lait.

J'ai l'impression que la chasse aux sorcières chez les artistes est vouée au mensonge car le langage judiciaire interdit de raconter précisément la folie de chaque protagoniste. J'ose écrire que, depuis que je suis réalisateur, je me bats pour ne pas sauter des actrices. Par orgueil bien entendu. Parce qu'une personne qui veut un rôle n'a rien à voir avec quelqu'un qui m'aime.

On ment à tout le monde sur les inconduites du milieu du cinéma. Oui, je veux bien croire que tout est vrai au sujet des crimes des producteurs et des acteurs qui ont abusé de leur pouvoir pour obtenir des avantages sexuels. Oui, je sais que certains font semblant de considérer comme du consentement réfléchi l'attitude de l'actrice qui cède pour avoir un rôle. Mais raconter cela sans dire ce dont est animé chaque protagoniste du monde du cinéma, c'est du mensonge. Le cinéma, c'est une marmite où chacun est prêt à s'arracher la peau et les ongles pour travailler et aussi pour la gloire. Je n'ai jamais rencontré une seule personne normale dans le monde du cinéma. Chacun a pour unique préoccupation sa carrière, son succès, son image, sa folie, ses angoisses. On ne sait pas, dans ce microcosme, considérer la personne d'en face comme un interlocuteur. Chacun est vu comme un outil ou comme une marche sur laquelle on peut grimper pour aller plus haut. Une *rat race* comme dans l'entreprise mais avec dans les rôles principaux des dingues anxieux.

Je suis un réalisateur de quatrième catégorie. Mon métier, c'est le dessin. Cependant, à chaque fois que je me trouve en présence de personnes à qui je serais susceptible de donner un rôle, elles me font des compliments que je sais ne pas mériter. J'ai vu des jeunes réalisateurs me raconter à quel point leur relation avec leur comédienne principale était « spéciale ». Elle leur a dit : « Choisis-moi » et les pauvres petits puceaux ont dit oui. Et elle en a tiré tout ce qu'elle voulait. C'est une danse ridicule et vieille comme les frères Lumière. L'expression « nager avec les requins » est très vraie. Mais les victimes se comptent dans tous les sexes et à tous les postes.

C'est terrible. On n'a rien le droit de raconter. Si on raconte, on ne travaille plus. Et si un homme osait décrire par le menu la situation qu'il a vécue face à des comédiennes, on le traiterait de phallocrate et il serait mis au ban de la profession. Si j'étais féministe, je serais fou de rage qu'on présente les actrices uniquement comme des victimes d'un système carnivore. Les actrices comme les réalisateurs comme les producteurs sont dans un chaudron bouillant d'argent et de pulsions dans lequel chacun essaie d'avoir du travail et de ne pas se faire détruire le corps et le cœur et l'œuvre. Ils tentent tous de saisir la « permanence tragique », le démon secret qui anime un peuple et fonde ses pulsions. Le milieu du spectacle est agité depuis toujours de convulsions car ça se paie très cher de vouloir être le miroir du monde.

On ne me comprend pas de travers, j'espère ?

À quelles attitudes pouvant relever du harcèlement ai-je vraiment assisté depuis que je suis dans le cinéma ? Je ne parle pas de on-dit, je parle de ce que j'ai vraiment vu. J'ai vu tous les producteurs tenter de s'asseoir près des comédiennes lors des tournages. Je les ai vus offrir des petits cadeaux aux comédiennes. Et je les ai vus faire la gueule lorsque certaines comédiennes voulaient amener leur petit ami sur un tournage. Je me suis vu, moi, devenir fou à force de dessiner nuit et jour des filles que je filmais le lendemain, et faire de mon mieux pour laisser cette fascination dans le monde de l'imaginaire.

Je crois avoir toujours parlé avec mes comédiens, hommes comme femmes, de la bizarrerie de notre métier qui consiste à fabriquer un véhicule pour le désir du spectateur, pour son identification. Je me suis toujours méfié du *male gaze*, le regard univoque de l'homme. Lorsque je filme un homme, j'essaie de le rendre aussi incandescent que si c'était une femme. J'essaie de ne pas désirer l'un ou l'autre mais d'être en état de fascination et d'amour pour la scène que je décris, comme si j'étais spectateur de théâtre en somme.

J'ai toujours détesté tourner des scènes sexuelles. À chaque fois qu'on l'a fait, on a tout dessiné au préalable. Pour que le tournage n'ait rien d'éprouvant. Sur *La Dame dans l'auto avec des lunettes et un fusil*, notre comédien principal nous a fait à tous des pâtes à l'italienne après. Comme si on avait gravi le moment difficile de l'épreuve.

Je pense que pendant le tournage d'un film, tout le monde tombe amoureux de tout le monde. Je crois aussi qu'il y a assez de gens autour pour éviter les choses dégueulasses. Ça dépend des équipes sans doute. Ou bien je suis naïf. Mais sur tous les films où j'ai travaillé, lorsqu'une fille ou un garçon ressentait un malaise, chacun le savait et on en parlait tout de suite.

Sur le tournage du *Gainsbourg*, j'ai eu besoin d'une fille qui accepterait de danser nue en collants seventies. On a choisi une actrice enthousiaste. Elle a fait des essais. Elle ne ressentait aucune gêne. On s'est dit que tout irait bien. Le jour du tournage elle avait des plaques rouges sur toute la peau cinq minutes avant l'action. Je lui ai dit que si elle était anxieuse à l'idée d'être nue, on pouvait prendre quelqu'un d'autre. Alors elle a souri et m'a dit qu'elle adorait l'idée qu'on la voie nue et que ça lui ferait des souvenirs plus tard mais qu'il y avait un problème. « Quand j'ai accepté ton film, je me disais que j'allais en parler à mon fiancé le soir même. Parce qu'il est très jaloux, tu comprends il est corse (ou italien, je ne me souviens plus de ce qu'elle m'a dit). Ce que j'essaie de te dire, Joann, c'est que chaque soir j'ai évité le sujet ou bien j'ai oublié de lui en parler et là, on va tourner et je ne lui ai toujours rien dit. Alors quand le film va sortir, j'ai peur qu'il me fasse un scandale. » Je lui ai répondu que je ne souhaitais pas être à l'origine d'une dispute de couple et qu'il valait peut-être mieux qu'on prenne quelqu'un d'autre. Elle a rétorqué que c'était son cul et qu'elle en faisait ce qu'elle voulait et que tout irait bien. On a tourné. Elle a dû être formidable puisque lorsqu'on tape « Gainsbourg.gif » sur Internet, ce sont ses fesses qui apparaissent. À la fête de fin de tournage elle était avec son fiancé et ils avaient l'air très amoureux. Je lui ai demandé comment ça s'était passé. Elle s'est marrée d'autant qu'elle avait eu super peur pendant la projection. Car son type n'avait pas dit un mot. Et en sortant il l'avait embrassée, il était fier.

Sur ce même tournage, une comédienne s'est suicidée. C'était une amie intime, Soleil. À la seconde où elle avait accepté de jouer dans mon film, son compagnon de l'époque lui avait dit : « Ce film va nous séparer, tu vas me quitter. » Soleil me racontait qu'il lui faisait une scène chaque soir du tournage, jusqu'à l'empêcher de dormir. À la fin du tournage, elle m'avait dit qu'elle voulait le quitter car plus rien n'allait dans son couple. Il ne supportait pas qu'elle fasse ce qu'elle voulait. Certains hommes détestent que les femmes soient libres. Toute l'équipe était au courant de la pression qu'il lui faisait subir. Les maquilleuses, les coiffeurs, les comédiens. Mais elle ne donnait pas de détails. Et elle en parlait en riant. Elle disait : « Oui, dès le tournage fini, je dois m'occuper de ce dossier, je dois le quitter, ça va lui faire du chagrin mais ça ne peut plus durer. » Puis je l'avais revue par hasard quelques jours après qu'on avait fini de tourner. Elle avait quitté ses habits d'icône des seventies et portait ses vêtements fétiches : un pantalon en cuir et des rangers noires, des cheveux partout et un T-shirt quatre fois trop grand. Elle m'avait fait la bise et m'avait dit : « Ma vie c'est autant la merde qu'avant, alors je dois faire quelque chose. » Je pensais qu'elle allait quitter son compagnon. Toute l'équipe le pensait aussi. Puis on est allés au festival de Cannes. On l'attendait. Je ne sais pas comment sont les autres tournages mais sur ce film-là tout le monde s'aimait. « Soleil, on se voit demain. — Je vais chez le coiffeur, je dois me faire une couleur. Oui, on se voit demain à Cannes. » Et le soir même elle s'est pendue. Ses amies m'ont expliqué que son compagnon lui avait fait des scènes pendant des jours et qu'elle avait passé plusieurs semaines sans dormir, elle voulait sans doute juste que ça s'arrête.

La ministre de la Culture peut organiser toutes les tables rondes du monde, je ne vois pas comment elle empêchera les suicides, les meurtres et les viols. J'admire les personnes qui font une réunion et qui dorment bien. Moi j'ai toujours eu le sommeil très léger.

Pour les obsèques de ma comédienne, son père – qui ne savait rien des motifs du drame – m'a interrogé pour savoir si je lui avais demandé de maigrir. « Parfois les réalisateurs demandent aux comédiennes de devenir anorexiques et ensuite elles se tuent. Voyez le résultat, faites attention à l'avenir de ne pas causer d'autres suicides. » Bien entendu, je n'ai jamais demandé à personne de perdre un gramme. Acteurs et actrices ont fait avant le tournage une préparation physique à base de course et de gymnastique, c'est tout. Et ceux qui séchaient le cours de sport n'ont jamais été réprimandés, ça faisait marrer tout le monde d'ailleurs, le coach était adorable. Un comédien m'a dit : « Je m'en fous de ton film, j'ai pris quatre kilos », il a eu pour seule punition de porter une gaine abdominale, sans quoi il ne rentrait pas dans son costume – ce qui ne l'a pas empêché de prendre un kilo de plus en deux nuits de tournage.

On peut faire toutes les lois qu'on veut, on n'éradiquera pas cette horreur : l'homme qui, par peur d'être abandonné, massacre la femme qu'il aime, ou bien la femme qui rend son amant tellement dingue qu'il finit par se foutre en l'air. Ça oui, ça existe dans le milieu du cinéma, et sans doute davantage que dans la vraie vie.

# 6

Comme je suis le copain des filles, en particulier des comédiennes avec qui je travaille, elles me racontent leurs histoires. Je m'arrange toujours pour bouffer un hamburger dégueulasse et m'en fiche plein les chaussures lorsque je vais vérifier les essayages, comme ça on n'est pas dans la séduction. Ça désamorce. Du coup oui, on me raconte ce qui ne va pas, ou bien « la façon dont ça se passe ».

Les réalisateurs te demandent de prendre un verre. Il y a toujours un moment, s'ils sont célibataires ou s'ils trompent leur femme, où ils essaient de voir s'il y a moyen avec toi. Dans quatre-vingt-dix-neuf pour cent des cas, ce sont des puceaux mignons timides et quand tu leur dis non, tout se passe bien. En général, tu n'as même pas besoin de leur dire non, tu le leur fais comprendre. Bien sûr, tu as aussi les monstres. Mais tout le monde les connaît. Tu as les hyperactifs sexuels qui s'envoient vingt nanas pendant le tournage. Ce qu'on oublie de raconter, c'est que ça se bouscule pour les sucer. Parce que c'est une prise de pouvoir sur le tournage. On n'a pas le droit d'écrire ça ? Zut ! C'est vrai, pourtant.

Ce qui est aussi très fréquent, ce sont les metteurs en scène de théâtre ou les réalisateurs de cinéma qui épousent leurs actrices. Ça se fait encore davantage au théâtre. Je l'ai dit qu'il n'y a aucun endroit au monde où on baise autant que dans les théâtres de province ? C'est la faute à la pauvreté de l'offre culturelle et de divertissement. Il faut bien que les gens s'occupent, et bien sûr, à chaque fois ça ne loupe pas, ça finit par des tas de mariages et de tromperies et de vaisselle cassée car ni les actrices ni les metteurs en scène ne cessent leur manège après le mariage. Quand on sacralise le théâtre, on ne peut pas donner aux vœux prononcés à l'église trop d'importance, ce serait abdiquer devant la concurrence. Toutes ces histoires-là, pour ce que j'en ai vu, même si ça brise beaucoup de cœurs, ce n'est pas dégueulasse. Les histoires dégueulasses, c'est quand toute une équipe, par lâcheté ou par bêtise, ne fait rien pour atténuer le chagrin d'une actrice. Ça, ça existe, les équipes de salauds.

Un exemple ? D'accord. C'est une actrice qui a un talent fou. On l'engage pour un film qui se tourne très loin de Paris. La production dit à son agent qu'elle devra montrer ses seins. L'agent refuse et répond que si c'est comme ça, la comédienne ne fera pas le film. L'agence de casting fait savoir que la production accepte que l'actrice tourne avec un soutien-gorge au lieu d'être seins nus, et que tout ira très bien. La pauvre se rend sur les lieux du tournage. C'est à une journée de train de Paris, dans les montagnes. Là-bas, au moment de tourner la scène, les costumières lui disent que le réalisateur (un vieux connard à qui j'aimerais tant mettre un pain) a décidé qu'elle devait être seins nus. La comédienne va sur le plateau et dit qu'il n'en est pas question. Elle tente d'appeler son agent mais le téléphone ne passe pas. Le réalisateur se met en colère et lui fait remarquer qu'elle retarde le travail de toute une équipe. La comédienne principale du film, une star française, beaucoup plus installée que l'héroïne de ce drame, se mêle de l'affaire. Vous croyez qu'elle va aider la jeune actrice à se tirer de ce mauvais pas ? Non ! Cette affreuse vieille à qui je souhaite des mycoses vaginales avec des coquilles de moule et de la sauce à l'ail dedans jusqu'à la fin de ses jours, cette raclure de bidet, donc, se met à hurler. Pour dire à sa jeune collègue que ce n'est pas pro, que c'est inadmissible, pour qui elle se prend ? Là-dessus, parce qu'il faut toujours une cerise sur les gâteaux de merde, le vieux réalisateur qui est tellement gros qu'il n'a pas vu sa bite depuis dix ans va pianoter sur Internet le nom de la comédienne et il découvre qu'elle a déjà accepté des scènes de nu dans des films précédents. Et il trouve même ses scènes déshabillées compilées sur un site porno. Vous le saviez que les sites de cul font ça ? Ils rassemblent des tas de petits bouts de films sur lesquels on a pu entrevoir un sein et ils référencent ça sous « Christine Boutin, scènes nu ». Je dis Christine Boutin pour ne pas citer une autre actrice. Alors le réalisateur agite l'ordinateur avec les extraits de nu sous le nez de la comédienne et lui dit : « Ça vous a pas gênée par le passé de faire des films osés. »

Il hausse le ton et lui ordonne d'aller se mettre seins nus, de se remaquiller et de faire vite. Elle tremble. Elle ne sait ni quoi faire ni qui appeler. Personne dans l'équipe ne lui apporte le moindre secours. Je voudrais casser la gueule à toute cette équipe. Rien de ce qu'ils font ne tombe sous le coup de la loi, j'imagine, mais TOUT justifie qu'ils s'en prennent une bonne dans la gueule. Comment ça s'est terminé ? La pauvre s'est réfugiée en salle de maquillage. Et la maquilleuse l'a sauvée. Elle a tellement pleuré que la maquilleuse a dit : « Vous me l'avez mise dans un tel état qu'il n'y a aucune chance qu'elle puisse tourner aujourd'hui. » Une personne l'a aidée. Sinon quoi ? Elle aurait sans doute dû tourner seins nus. C'est moche, non ?

Mon associé Remontant et moi, on nous a aussi un petit peu harcelés sexuellement. Mais jamais rien qui nous ait vraiment blessés. Juste assez pour qu'on en ait fait des blagues ensuite. Par exemple il y avait un patron de groupe de cinéma qui foutait une main au cul de Remontant à chaque fin de réunion. Remontant faisait celui qui ne remarquait rien. Et moi je ne pouvais pas m'empêcher d'être vexé que ce type ne m'ait jamais mis la main au cul à moi. Je ne minimise à aucun moment la gravité d'une main au cul, ça peut être le début du crime. En fait, il ne mettait pas la main, il tapotait. Tous les autres se serraient la main et lui, il serrait Remontant contre lui et lui foutait deux petites tapes sur le cul l'air de rien. On sortait de son bureau en se disant : « Mais on a rêvé ou bien il t'a peloté ? »

On a pris ça pour une grande avancée politique.

Enfin les hommes allaient subir à dose homéopathique un peu de ce que les femmes avaient supporté pendant deux millénaires de patriarcat. Ah oui, c'est ça la solution ! Il faut des femmes de pouvoir dans l'édition, dans le cinéma, partout. Un jour j'ai eu ça. Je ne dis pas si c'est dans le cinéma ou l'édition pour brouiller les pistes. La dame qui dirige l'entreprise a sorti la minijupe en cuir et les Louboutin et le chemisier méga ouvert. Et je dois m'asseoir dans un fauteuil très bas. Et au milieu de l'entretien, porte fermée, juste elle et moi dans la pièce… au milieu des palabres elle se lève, elle me tourne autour, elle est derrière moi et me frôle le crâne. Puis elle s'assied sur l'accoudoir du fauteuil dans lequel je suis assis et elle continue de me parler comme si de rien n'était, penchée vers moi. Ça me rappelle les maîtresses de mon pépé quand j'étais gosse, qui me serraient contre leurs seins. Comme je suis con, je suis flatté. Je trouve qu'elle sent bon et j'aime bien ce moment. Ça me plaît, une fois dans ma vie trois minutes et sans risque, d'être la petite chose qu'on désire. Mais bien entendu, ce n'est pas pareil. Bien entendu, personne ne peut physiquement me forcer à quoi que ce soit. Je repars de là satisfait de découvrir que les femmes de pouvoir tentent de faire exactement comme les hommes qui les ont précédées. Si j'ose écrire que lorsque ça vient d'une femme, je trouve ça infiniment plus joli, c'est du sexisme ? En tout cas, c'est l'expérience que j'en ai.

À Londres, à l'époque du *Gainsbourg*, j'avais une autre patronne. Elle avait beaucoup de pouvoir sur mon travail. Elle était plus âgée que moi, j'étais marié, et je n'étais pas intéressé. N'empêche. On dînait. On buvait. Et lorsqu'on se raccompagnait et qu'il ne se passait rien, elle ne m'en voulait pas. Et ma carrière n'en souffrait pas. J'ignore si les hommes de pouvoir se comportent de façon aussi élégante.

## 7

Lorsque j'étais étudiant aux Beaux-Arts nous avions un modèle de nationalité hollandaise. Grand, maigre, beau, l'air britannique, c'est bien simple c'était le sosie du Monty Python John Cleese. Il posait systématiquement avec un chapeau vert à plume façon chasseur alpin ou Robin Hood sur la tête. Sa grosse bite, son corps maigre interminable, sa cinquantaine assumée et la plume au chapeau. Et avec les oreilles il faisait quoi ?

Des poses de cordes. Rien de plus dur. S'entortiller dans de lourds cordages qui tombent du plafond, se suspendre, et tenir la pose. J'adorais ce type. Il était drôle et avait un accent métallique genre Robocop chic.

Il dessinait des bandes dessinées pornographiques qu'il parvenait à vendre à des éditeurs genre Elvifrance. Le genre de BD dans lesquelles cinquante dessinateurs ont copié la même photo porno et tout le monde s'en fout. Mais cela ne suffisait pas pour vivre. Ni ça ni les séances de pose aux Beaux-Arts. Heureusement c'était un homme entretenu. Un jour il m'avait annoncé, avec une certaine fierté, qu'il était l'amant d'une Française très vieille et très riche, qu'elle le payait beaucoup et qu'il vivait dans un immense appartement vide dans le 8e arrondissement. Je ne sais pas pourquoi je me souviens qu'il m'avait dit : « Il n'y a pas de meubles, on vit sur le parquet, on boit et on baise. » À l'époque cela m'avait semblé un idéal de vie. Il bandait sur commande. Pendant les poses, il regardait un ou une élève dans les yeux, il bandait. Puis il souriait lorsque l'élève rougissait. Peut-être qu'aujourd'hui on jugerait cette attitude répréhensible. À l'époque nous aimions tous ce type-là. Nos modèles aux Beaux-Arts étaient des déglingués rigolos.

Je me souviens de cette immense dame américaine qui a pris sa retraite vers soixante-cinq ans et qui utilisait chaque seconde de son temps libre pour aller sculpter dans les musées et au Jardin des Plantes.

Il y avait également une Parisienne en forme de trapèze – bas évasé –, très gardienne d'immeuble de chez Marcel Aymé, sauf qu'elle était modèle. Elle avait aussi plus de soixante ans. Elle arrivait à l'atelier Caron avec un panier de commissions dans chaque main, d'où sortaient des poireaux, du fromage, une baguette et un litron. Elle avait son chien en laisse, un clebs blanc avec tache sur l'œil comme dans les dessins de Poulbot. Ça faisait si longtemps qu'elle était modèle aux Beaux-Arts qu'elle ne voulait plus entendre parler ni de paravent ni de décorum. Elle foutait son cul sur un praticable, un cube en bois qui tenait lieu de siège, puis, une fois assise, elle détachait les deux bretelles de sa robe et se retrouvait à poil, son vêtement en corolle autour d'elle. Elle tirait une gueule pas possible. C'était d'une poésie infinie. On aurait cru une de ces dames qu'on croise à l'arrêt de bus avec son toutou en laisse, sauf qu'elle était à poil et qu'on devait la dessiner. C'était elle le meilleur modèle. Le meilleur, c'est celui qui s'en fout.

Je n'étais pas là, l'an dernier, le jour où une élève de passage s'est plainte d'avoir été harcelée par un modèle de sexe masculin. Normalement les séances de pose sont réservées aux élèves de mon atelier. Mais cette élève avait souhaité participer. Quelques jours après, elle nous a écrit sur la messagerie collective de l'atelier qu'un vieux modèle avait eu un comportement inqualifiable. Je suis intervenu pour savoir ce qui s'était passé. On m'a expliqué que, pendant une pose, sans s'en rendre compte, le vieux monsieur avait eu une perte de liquide au niveau de la verge, urinaire ou séminal. Sexe au repos je précise, car dans ce domaine il faut être d'une précision chirurgicale. J'ai remercié mes élèves de ne pas avoir fait de remarque désobligeante à ce modèle, car j'imagine que lui-même aurait été très gêné s'il s'était aperçu de cette fuite. J'ai tenté d'expliquer à l'élève qu'un vieil homme nu face à vingt jeunes gens habillés est plutôt en situation de faiblesse. Je lui ai également dit que le corps est un traître et que passé un certain âge il peut n'en faire qu'à sa tête, si j'ose dire. Elle n'en a pas démordu, prétendant que le vieux monsieur l'avait regardée. Fixement. Et que de son point de vue, c'était très grave. Je me suis refusé à dire aux modèles nus qu'ils n'ont pas le droit de regarder ceux et celles qui les dessinent. Sinon, à force de vouloir tout aseptiser, on va finir par devoir se résoudre à tuer les modèles, puis à les faire poser dans du formol, pour n'avoir plus rien à leur reprocher.

## 8

Je me sens coupable. Mes élèves souhaitent effectuer un voyage scolaire en Russie. Je leur ai dit que je n'aurai pas la possibilité de prendre une semaine pour y aller avec eux. L'école nous a fait savoir que sans ma présence il n'y aurait pas de voyage. Le massier – c'est une sorte de délégué de classe, façon Beaux-Arts – a demandé à d'autres professeurs d'y aller à ma place et il a trouvé des volontaires mais l'école est intraitable : sans moi, pas de voyage. Les élèves m'ont écrit hier soir pour m'annoncer que si je ne venais pas ils ne pourraient pas effectuer leur voyage scolaire. Je leur ai dit qu'aujourd'hui sortait le septième tome du *Chat du rabbin* et que je les rappellerais plus tard.

Louise me réveille. Les enfants font du bruit, il est bientôt deux heures du matin et elle a peur qu'ils loupent l'école demain. Effectivement, ma fille ne dort pas. Je lui dis ma façon de penser, elle hurle : « Je sais ce que je fais », après quoi je la menace de couper le wifi si elle ne va pas dormir. Elle obéit. Mais cela a réveillé son frère qui nous dit qu'il ne faudra pas se plaindre si demain matin il est « groggy ».

En retournant me coucher, pieds nus, je marche dans une flaque d'urine de chien. Je ne me rince pas le pied. J'espère que Louise ne va pas remarquer que j'ai de la pisse de chien sur la voûte plantaire.

Je ne devrais absolument pas parler de chien car c'est le sujet du roman précédent. De même qu'il faudrait que j'évite de mentionner mon père dans le présent ouvrage puisqu'il a été le protagoniste de mon avant-dernier roman. Le lectorat, m'a-t-on dit, veut bien suivre mes péripéties mais il lui faut le sentiment que ça bouge, que ça change. « Il ne peut pas perdre son père tous les ans », répète mon éditrice à ceux qui regrettent que *Vous connaissez peut-être* fasse moins pleurer que *Comment tu parles de ton père.*

J'ai en horreur les récits autobiographiques. Je n'aime que les aventures de Poupoute et Paf.

Poupoute et Paf, c'était dans une bande dessinée de Gotlib. Un jeune dessinateur vient le voir avec une feuille tout abîmée et mal dessinée sur laquelle est titré, en gros, cet intitulé prometteur : « Les aventures de Poupoute et Paf ». C'est cela qu'on veut en ouvrant un livre. On souhaite que l'auteur ait manigancé les tribulations d'un personnage imaginaire, Poupoute en l'occurrence, qui va vivre un drame précis, en se confrontant, si on veut, avec Paf. Ou bien Paf est un ami ou alors un amour possible. En tout cas il est certain que le choc entre Poupoute et Paf va mener soit les Capulet et les Capuchons à se suicider, soit Charles Bovary à faire grand mal à l'image des maris, soit Olive à mettre un bon dribble à Tom. Poupoute et Paf c'est quand je décide qu'un chat va parler, qu'un soldat de la première guerre mondiale vit sous forme de vampire sur une planche à roulettes à Antibes, ou bien lorsque je m'imagine qu'il existe un minuscule mousquetaire perdu dans une France mieux que la nôtre, puisque gouvernée par des femmes.

Si je parle de ce qui arrive dans cette vie-là, de l'existence qu'il m'est donné de vivre dans le vrai monde, on sent que j'en cherche les clés. Je quitte Poupoute et Paf, et j'ai peur de Christine Angot – terme générique qui décrit un genre littéraire très répandu consistant à consigner ce qui s'est produit dans la vie de celui qui écrit, à savoir des choses nébuleuses pas réglées, et souvent inintéressantes. On est ravi à chaque fois qu'un flic ou un bandit prend sa plume car enfin on aura affaire à un écrivain à qui il arrive des choses qui méritent d'être racontées.

Je me relève car je ne peux pas trouver le sommeil avec ce pied plein de pisse. Aux lecteurs fidèles je signale qu'il ne s'agit plus de Marvin le chien. C'est une nouvelle bête, le chien de mon fils, un beagle femelle. Elle s'appelle Effie, et elle aussi a quelques défauts de comportement. C'est pourquoi nous avons un éducateur pour chien. Il énerve mon fils car il crie et agite la laisse. Pendant la leçon mon fils bout, me fait des petits signes, et finit par me chuchoter qu'il va lui mettre une beigne : « Papa, tout ce qu'on m'a appris à la boxe je vais le lui faire s'il n'arrête pas de secouer mon chien. » Tout ce petit monde s'en va une fois la leçon finie puis mon moniteur de sport arrive. Je l'aime. C'est mon idéal masculin. Il s'est occupé de la Patrouille de France, de Bérénice Bejo et maintenant de moi. Je crois qu'il va devenir fou à force de ne pas arriver à me faire maigrir. Je suis en quelque sorte l'échec de sa vie. Ça me fait bizarre de voir défiler le coach pour chien puis le coach pour moi. Je ne sais pas ce qu'on va parvenir à améliorer, chez le beagle comme chez moi.

Je me rince le pied. Effie a pissé une nouvelle fois. Je nettoie. Il y a trop de Sopalin mouillé dans mes mains, ça obstrue les toilettes. La ventouse débouche-chiottes est dans les waters du dessus, c'est formidable d'avoir deux étages. J'ai appris à me servir d'un débouche-chiottes, c'est un coup de main à prendre. Une fois la séquence essuyage, ramassage, pulvérisation de Sanytol puis débouchage de cuvette finie, je suis touché par l'inspiration. Je me mets à mon bureau les doigts tout sales et Dieu me gratifie de dix nouvelles pages du *Chat du rabbin*. J'ai l'impression qu'à chaque fois il faut tuer Joann pour que les vraies voix d'écriture se fassent entendre. Si je ne suis pas abruti de sommeil, et de tâches stupides, l'écriture ne vient pas. Ce n'est ni ma voix habituelle ni moi, ça vient soit du ciel, soit de très profond dans la tête. Il doit y avoir un vrai chat, une vraie fille du rabbin et une véritable casbah d'Alger dans mon ciboulot mais ils sont tout froissés derrière mon affreuse volonté et ma façon minable de vouloir faire croire aux activités du jour.

Ma fille passe dans le couloir comme un fantôme et sursaute lorsqu'elle me découvre penché sur mes feuilles de storyboard. Elle a de très longs cheveux, elle me dit qu'il y a eu beaucoup de fumée. « Cet après-midi, il y a eu le feu à la librairie La Hune. Avec ma copine on a vu la colonne de fumée puis on a décidé de s'approcher pour voir de plus près. On a vu les pompiers, les blessés, l'attroupement. Il y avait des flammes immenses qui sortaient par les fenêtres. C'est pour ça que j'avais du mal à dormir. » Elle a raison, la fumée est épaisse. Mais ce n'est pas un incendie. C'est le mois de novembre. Moment de l'année où les casse-pieds volent en escadrille, au-dessus de ma tête, en formation tellement serrée qu'on en perd de vue qu'au-dessus d'eux il subsiste peut-être un ciel lumineux. Mon agent me recommande de faire le dos rond. « C'est vrai, c'est beaucoup en une semaine, mais laisse faire. Patiente. Ça va passer. »

# 9

C'est beau quand un être humain prend le risque de faire le portrait d'un autre, en dessin, en film ou en mots. C'est beau mais c'est dangereux, bien entendu, l'autre ne va peut-être pas le trouver à son goût. Faudra-t-il pour autant appeler son avocat ?

Je ne dois surtout écrire le nom de personne : si je cite des noms, je risque encore davantage de procès. Je vais mettre des pseudonymes à tout le monde, même à moi, comme ça la législation sera respectée. Par exemple, au lieu de Joann Sfar, je vais m'appeler Rouletabille, et ce sera très bien.

Je ne sais pas s'il va y avoir un procès avec Pimprenelle. Pimprenelle n'est pas le vrai pseudonyme de cette strip-teaseuse mais justement, la dernière fois que j'ai écrit son vrai pseudo j'ai reçu une lettre d'avocat. Je croyais que c'était une amie.

Le processus juridique est assez simple pour mes romans. Lors de l'écriture de mon manuscrit, j'écris les vrais noms de tous les protagonistes. Puis je fais lire à mon éditrice et à notre avocat. Tous trois, nous faisons l'inventaire des personnes qui pourraient se sentir blessées ou diffamées par mon livre. Ou tout simplement qui n'aimeraient pas y apparaître. Et nous changeons tous les noms. Dans quel cas je garde les vrais noms ? Quand il est question de Louise, ma fiancée, de Sandrina, mon ex-femme, de mon ami Fabien, de mon ami Sapin, des gens que je considère comme des proches et dont j'imagine qu'ils n'auront pas à rougir de ce que j'écris. Je parle beaucoup de mon intimité dans mes livres, mais jamais de celle des autres, enfin j'espère. Un jour j'ai écrit que lorsqu'une fille jouissait, elle faisait la tête de Thomas Ragon, mon éditeur du *Chat du rabbin*, mais cela ne porte pas réellement préjudice à Thomas Ragon ou à sa tête ; c'est un beau garçon, grand, mince et élégant comme un militaire anglais de chez Kipling.

J'ai cité Pimprenelle dans mon dernier roman. Parce que nous avions eu un dîner amical durant lequel elle s'était comportée exactement comme son personnage de fiction, celui qu'elle présente sur son site Internet. Promettant de montrer ses seins en permanence, allumant de manière très drôle, usant de mots crus. Le tout de façon distanciée, légère. Puis nous avions parlé de nos métiers respectifs. Ils ont en commun de feindre l'intime. Elle montre son corps et moi je raconte ma vie. C'est ambivalent à chaque seconde, nos boulots.

C'est intéressant ou pas de raconter ces tracasseries ? Je suis dans mon sujet ? Oui. À fond. Il est question d'artiste et de modèle.

Pimprenelle est son propre modèle. Elle met en scène l'exhibition de son corps et invente un personnage derrière lequel elle se réfugie. Moi aussi d'une certaine façon. Dans mon dernier roman, j'ai consacré une dizaine de pages à ce dîner avec elle. J'ai raconté ma fascination pour son boulot. Elle m'avait dit comment ça se passait avec ses clients. Bien entendu, il y avait beaucoup de points communs avec le rapport qu'entretient un auteur avec son lectorat. Comme elle montre réellement ses fesses dans l'exercice de sa profession, toute l'étrangeté et les similitudes de nos deux métiers deviennent plus évidentes. Son avocate m'a reproché d'écrire : « Je bande » dans mon roman. À un moment où elle était déjà partie de chez moi depuis trois heures et où je me retrouvais seul dans ma salle de bains avec une allergie aux sushis. Entre autres…

Les problèmes vont si loin avec Pimprenelle que je n'ai même pas le droit de citer la lettre de son avocat. Mais j'ai besoin de mettre ici une lettre d'avocat, sinon on ne me comprendra pas.

On m'indique qu'il est permis de paraphraser.

Paraphrasons :

Maître Beauvoir
1, rue de la Grande-Truanderie 75006 Paris

Monsieur le Président des Éditions Albin Michel,

Mme Tataki Dessaumon, animatrice télé qui arpente le monde vêtue du pseudonyme de Pimprenelle (et qui a décidé de bien vous faire chier) et dont je suis l'avocate, me demande de vous mettre la misère selon des termes juridiques qu'il vous sera interdit de reproduire dans un livre car une lettre d'avocat est une création soumise au régime du droit d'auteur.

Le motif pour vous faire chier est le suivant :
Dans le précédent bouquin de cette râclure de fond de bidet qu'est Joann Sfar, ma cliente a été fort peu jouasse de découvrir un portrait d'elle sur tout un chapitre.
Atteinte au Code civil, je vous signale. Inacceptable, je te ferais dire. D'autant plus pas permis qu'il écrit noir sur blanc : « Tout est vrai sinon ce n'est pas drôle. »
Il est cintré ou quoi ? Il ne se rend pas compte.
Il ose dire que Tataki est en couple ! Que les Dessaumon s'envoient des sms pendant un dîner et que parfois madame cause comme Bérurier dans un *San Antonio.* Il se croit autorisé à broder sur la sexualité du chien de Mme Dessaumon, avec des précisions iniques du style : « Il faut le tenir quand il baise ». Imaginez le toutou si par hasard il tombe sur ce passage : « C'est ça l'amour. C'est quand tu sens l'odeur d'une chatte à trois kilomètres au petit matin ». Si le chien finit en dépression, ce sera de votre faute. Et ce n'est pas tout ! Votre Sfar s'étale comme un malpropre au sujet des poils de bras de ma cliente, à propos de ses orteils et ça l'intéresse de rendre public le fait qu'elle se vide les fosses nasales comme un petit éléphant ! Ça va pas se passer comme ça, mon pépère, on va vous faire le pull-over rouge et le procès poupée Barbie.
Il ose écrire que Tataki trouve les fétichistes des pieds pète-burnes ! Mais où irait-on si on n'avait plus les fétichistes des pieds ! Vous imaginez le manque à gagner ? Le préjudice professionnel ?
Et quoi encore ? Une fois que ma cliente est partie de chez lui, votre Sfar ose raconter qu'il échoue sur son carrelage façon cachalot avec éruption cutanée due à l'ingestion de poisson. Puis dans cette situation répugnante, il se croit autorisé à écrire qu'il pense à ma

cliente ! Mais de quel droit il pense à elle ? Et il écrit : « Je bande », comme si ça ne suffisait pas !

Donc maintenant, c'est pas compliqué, vous avez huit jours pour retirer les bouquins des magasins et tout mettre au pilon. Donnez-moi aussi le nom de votre baveux et éventuellement de votre banquier car on ne va pas en rester là.

Allez vous faire enculer, vous et votre auteur.

Sans homophobie.

Maître Beauvoir

On me force à paraphraser, alors je brode avec toute ma créativité. La vraie lettre était rédigée de façon beaucoup plus élégante, par exemple, on n'a jamais conseillé ni à mon éditeur ni à moi d'aller nous faire socratiser.

Une seule certitude : la vraie lettre de l'avocat fait vraiment plus peur que la mienne.

La valse des lettres d'avocats commence. Ils se parlent. C'est maître Calotte qui défend Albin Michel. J'ai le droit de mettre son nom ? J'espère qu'il ne m'en veut pas parce que je l'ai beaucoup caricaturé lorsqu'il défendait les plaignants pendant le procès *Charlie* en 2007. C'est maître Beauvoir qui défend Pimprenelle, elle est également une excellente avocate. J'ai l'impression que personne ne trouve cette affaire très grave. Ni un avocat ni l'autre, ni l'éditeur ni mon agent. Chacun pense qu'au pire on paiera. Moi je me sens blessé. Je comprends mieux que quiconque que lorsque quelqu'un ne veut pas être cité dans mon livre je n'ai pas à dire son nom, même si c'est un pseudo.

Seulement voilà, je croyais que ça lui ferait plaisir. J'ai rencontré Pimprenelle à l'occasion de ce dîner où elle m'a parlé de son boulot, on n'a pas baisé ni fait quoi que ce soit d'inconvenant, à part moi qui ai bandé et vomi, mais c'était quand elle n'était plus là, donc après tout, s'il y a atteinte à la vie privée, il s'agit de la mienne. Comme l'a dit mon agent, « si Joann bande, c'est quand même son problème ». Surtout s'il est seul dans sa salle de bains.

Après ce dîner on s'est écrit avec Pimprenelle. J'avais loué une maison près de Nice. J'avais rencontré Louise. Elle et moi avons invité Pimprenelle et son fiancé à nous rejoindre car ils étaient dans le coin. Finalement ça ne s'est pas fait, mais je nous croyais amis. Puis je lui ai annoncé que j'avais fait son portrait dans mon roman à paraître. Elle m'a répondu qu'elle en était flattée. Après quoi mon éditrice lui a envoyé l'ouvrage. Le service promotionnel d'Albin Michel avait dans l'idée de tourner une vidéo où Pimprenelle serait en train de lire le chapitre en question. Et chacun croirait qu'il s'agirait d'un texte érotique… sauf que non. À la fin la nana s'en va, c'est juste un dîner, des discussions et un type qui se retrouve seul chez lui avec une intoxication alimentaire. Ça la faisait rire. Pimprenelle a eu alors de longues conversations téléphoniques avec mon éditrice et sa collaboratrice. Elle leur a dit de me remercier, de me féliciter, elle adorait le chapitre. Elle ne pourrait cependant pas lire le fameux extrait car je disais que ses « abonnés » y apparaissaient comme des « clients ». Personne n'était dupe quant au fait que c'étaient réellement des clients puisqu'ils payaient pour ses prestations, mais elle ne pouvait cautionner ce terme car justement les usagers en question en seraient déstabilisés. En tout cas Pimprenelle a bien répété à deux interlocuteurs de la maison Albin Michel qu'elle était très heureuse du chapitre et que je ne devais pas m'inquiéter. C'était il y a deux mois.

Et aujourd'hui on reçoit cette lettre d'avocat. Maître Calotte dit que c'est vraiment moche. Oui, j'ai tenu à faire figurer son pseudonyme, parce que de bonne foi je pensais qu'elle en serait heureuse. Non, je ne porte pas atteinte à sa vie privée car je raconte un dîner en ville et des conversations concernant son métier et le mien. Oui, une strip-teaseuse a droit à sa vie privée. Non, quand elle me raconte ses relations avec ses clients, ça ne relève pas de la vie privée mais bien d'une discussion professionnelle. Oui, je mentionne son chien et son compagnon, mais elle parle d'eux en permanence, y compris sur son site. À aucun moment je n'ai cherché à dévoiler son vrai nom sous son pseudonyme, ni à vouloir pénétrer dans son intimité, ou à en savoir plus sur la vraie personne qui se cache derrière son personnage public. C'est avec ce personnage public que j'ai dîné, sous pseudonyme, qui m'a raconté son boulot, à qui j'ai raconté le mien, puis j'ai eu une intoxication alimentaire.

Maître Calotte a répondu ceci :

Maître Calotte
4, rue de l'Évangile
75013 Paris

N.Réf. : ÉDITIONS ALBIN MICHEL
C/ PIMPRENELLE

Mon cher confrère,

Les éditions Albin Michel, dont je suis le conseil habituel, me remettent copie du courrier que vous leur avez adressé le 10 novembre 2017 en votre qualité de conseil de Mme Tataki Dessaumon surnommée Pimprenelle, concernant l'ouvrage intitulé *Vous connaissez peut-être*, paru le 23 août 2017 aux éditions Albin Michel, sous la plume de M. Joann Sfar.
Ce chapitre ne m'apparaît en aucune manière porter atteinte aux droits que votre cliente tient de l'article 9 du Code civil. Bien au contraire, l'essentiel de ce chapitre concerne la profession de Pimprenelle et, d'ailleurs, dès les premières lignes c'est dans cette problématique que se situe l'auteur en affirmant : « Je crois que c'est une déformation professionnelle, lorsque l'on vit pour être regardée, de savoir faire envie même par les mots. »
Il est bien évident que tous les propos qui concernent des pratiques de Pimprenelle à l'égard de son propre public relèvent d'une sphère professionnelle, et ne sauraient d'évidence entrer dans le champ de la protection de l'article 9 du Code civil.
Je ne vois pas non plus que les expressions crues utilisées par l'auteur soient de nature à fonder une quelconque prétention d'ordre juridique, même si Albin Michel prend volontiers acte que votre cliente en a été affectée, ce qui n'était nullement volontaire.
Quant à la complaisance de Pimprenelle sur le sujet de sa vie privée, que vous semblez méconnaître, vous trouverez ci-joint quelques tirages récupérés sur le Net en quelques clics qui en disent assez long sur les conditions dans lesquelles celle-ci fait outrageusement commerce de l'intimité de sa vie privée.

D'ailleurs, ayant personnellement reçu le livre qui lui avait été adressé par le service de presse d'Albin Michel lors de sa sortie, Pimprenelle avait pris soin de faire savoir en retour qu'elle avait apprécié le chapitre la concernant.

Enfin, s'agissant de « l'anecdote intime sur son chien », j'ai bien conscience que depuis une modification récente du Code civil, les animaux ne sont plus juridiquement des choses, mais des êtres vivants « doués de sensibilité » ; ils ne sont pas pour autant titulaires d'un droit à la protection de la vie privée attribué par l'article 9 du Code civil aux « personnes »…

La prétention élevée pour cet être canin au sujet de ses pratiques sexuelles ne m'apparaît donc pas recevable.

Je suis bien évidemment à votre disposition pour m'entretenir avec vous de ce point de droit original.

Dans un tel contexte, vous comprendrez que les éditions Albin Michel n'entendent pas donner suite à votre courrier et tiendraient pour manifestement abusive une action qui serait engagée sur le fondement de l'article 9 du Code civil.

Mon client propose toutefois, dans un souci d'apaisement, de supprimer le nom de Pimprenelle dans les prochains tirages ou les nouvelles éditions de l'ouvrage.

Je vous prie de me croire votre bien dévoué confrère,

Maître Calotte

Calotte nous dit avoir téléphoné à sa consœur. Il n'y a pas matière à procès. Mais l'avocate a ajouté que comme Pimprenelle était très affectée, on ne pouvait pas savoir quelle tournure prendraient les événements. Personne ne comprend. Mon agent dit lui aussi que c'est dégueulasse. Pourquoi souhaite-t-elle le retrait sous huit jours des librairies d'un livre dont elle disait deux mois plus tôt qu'il lui plaisait beaucoup ?

Si je l'ai vraiment blessée, je me sens penaud. La dernière chose dont j'ai envie lorsque je fais un livre, c'est de blesser mes modèles.

Oui, il est encore question de portrait, de modèle et de la responsabilité, ou non, de celui qui regarde et dit ce qu'il a vu. Rien n'est plus déplaisant que de ne pas aimer un portrait de soi. En même temps, rien n'est plus humiliant pour le dessinateur que le modèle ait détesté ce qu'il a fait.

Oui, si elle a du chagrin, j'ai une honte folle, je me sens bête, je me hais, et je suis vexé. Mon agent pense que tout ça a pour but de nous faire craindre un procès. Imaginez. L'auteur installé, homme, hétéro, face à la strip-teaseuse et à son avocate qui diraient : « Ce n'est pas parce que ma cliente montre ses fesses que vous avez tous les droits. » Deux femmes qui parleraient de la toute-puissance masculine face à un accusé homme, et un avocat homme. De quoi les terroriser. Dans ce genre de procès, même si elles perdent, elles auront gagné. Il suffit qu'un journaliste bienveillant écrive : « Joann Sfar a-t-il attenté à la vie privée de Pimprenelle ? » pour qu'on ne pense plus qu'à ça pendant des années. C'est désagréable.

# 10

C'est dur de vouloir faire le portrait de quelqu'un puis de devoir renoncer à le faire. Je sais que ce qui se joue avec Pimprenelle qui déteste mon chapitre, c'est la colère contre celui qui dessine ou qui fait le portrait.

Des artistes américaines ont fait des affichages sauvages il y a quelques années pour dénoncer la surabondance de nus féminins dans les musées et l'absence de nus masculins. En quelque sorte c'est l'homme, ce salaud, qui tient le pinceau pendant qu'on réduit la femme au rôle de modèle ou de muse. Et elle en a marre, la femme, qu'on la mate. Je suis d'accord avec tout ça. Tout aussi d'accord que si une Athénienne venait dire que ça suffit de toujours faire des statues de mecs et qu'il faudrait aussi construire de beaux monuments en l'honneur des femmes, qu'on ne cantonnerait pas au rôle désincarné de déesses ou de nymphes, mais qu'on traiterait enfin comme des êtres qui peuvent porter elles-mêmes le discours sur leur corps, sur leur beauté.

Pimprenelle montre ses fesses mais ne veut pas que

j'écrive ce qu'elle me raconte de son métier. Je comprends l'urgence historique de faire entendre sa voix. Je regrette juste que dans ce cas particulier, ça se fasse de façon aussi injuste. Comme souvent, on a l'impression que peu importe de dire n'importe quoi pourvu que la cause soit bonne.

Ça ne m'amuse pas, moi, d'être un mâle occidental hétérosexuel. Je n'ai pas demandé à payer pour des millénaires de domination phallocrate. Je suis né en 1971, quand les mœurs se libéraient. Je fais de mon mieux pour traiter chacun comme un être humain normal. Je sais où peut se nicher le désir ou l'ambiguïté quand on veut faire le portrait de quelqu'un. Et j'ai ça en tête en permanence, savoir comment séparer le travail de l'intime, s'autoriser à faire des images ou des portraits sans blesser, sans dévorer. Ce sont des débats qui font avancer la société tout entière et j'espère qu'aucune ligne de moi ne donne l'impression que j'en amoindris l'importance. Mais le chantage, non. Personne n'en sort grandi. Qu'on terrorise le prédateur sexuel, c'est la moindre des choses. Mais beaucoup d'hommes mettent assez d'énergie à tenter de bien se comporter pour mériter de ne pas être affublés a priori du masque du monstre.

Si Pimprenelle m'avait dit qu'elle n'aimait pas mon chapitre, j'aurais immédiatement changé son nom pour les éditions ultérieures. Et oui, il n'y a rien de plus horrible quand on a voulu faire votre portrait que de voir l'imagier changer d'avis et finalement faire le dessin d'une autre. On sortira de la rage actuelle quand les femmes tiendront le crayon autant que les hommes. Je crois que c'est déjà le cas. Parmi mes élèves, il y a davantage de filles que de garçons et je n'ai pas le sentiment qu'un groupe soit les observateurs et l'autre les observés. Je crois que tout va aller mieux.

Ce que je me dis, c'est que j'ai forcément tort. Romancier ou pas, je n'ai pas le droit de faire le portrait des gens sans leur demander l'autorisation.

Pourquoi ça m'empêche de travailler ? Pourquoi ai-je l'impression que cette évidence juridique est devenue impossible dans le monde actuel où tout se sait ?

Aujourd'hui, le portraitiste a tort quoi qu'il fasse.

S'il invente tout ou qu'il déforme la réalité, personne n'y croit, mais s'il dit son sentiment sans fard, c'est la lettre d'avocat.

Non, ce n'était pas pareil avant ; avant, le mensonge romanesque fonctionnait.

## 11

Message à mes élèves :

Mes chouchous,
Suite à l'insistance de Fiston et Poisson, j'accepte de venir avec vous du 5 au 11 février à Saint-Pétersbourg. J'aimerais bien qu'il y ait pas mal d'élèves à ce voyage car pour moi c'est vraiment dur de bloquer une semaine avec mes différents boulots, donc je le fais uniquement si c'est important et profitable pour beaucoup d'entre vous. Qui organise ? Est-ce une invitation officielle des Beaux-Arts de Saint-Pétersbourg ? Quel serait le programme ? Quelles seraient les obligations officielles ? Il faut parler avec la dame blonde de l'ENSBA qui est en contact avec eux.
Bises à tous.
Je n'ai pas très bien compris à quoi sert ce voyage mais au moins ça vous fera de bons souvenirs. Je ne sais pas si je suis trop d'accord avec ce qu'a dit Fiston de passer plein d'heures chaque jour enfermé dans leur école, je crois que si vous allez là-bas, c'est pour voir des choses. Enfin faites comme vous voulez. Je voudrais bien des détails. Bises,

Joann

On a reçu cette lettre d'avocat, au sujet de Pimprenelle. Il paraît que c'est bon signe :

Cher Confrère,

En réponse à ton courrier plénipotentiaire du 20 novembre, j'ai bien l'honneur de te faire savoir qu'on n'est carrément pas d'accord. On conteste à fond tout ce que tu dis. Toi, tu parles du « caractère anodin des atteintes faites à ma cliente » et moi je te réponds que c'est grave !
Par ailleurs : ne fais surtout pas le blaireau au sujet du clébard, tu oses dire : « Les développements ironiques sur le droit à la vie privée des chiens sont sans incidence sur le comportement de leurs maîtres seuls en cause (*sic*). » Quand il y a marqué (*sic*) dans une lettre, ça veut dire « pauvre type, va ». Tout ça pour dire qu'on est réservés, comme les Indiens d'Amérique. Commence par tout changer dans le bouquin de ton auteur et après on verra ce que l'on fait.

Maître Beauvoir

Ça devient compliqué de parler des gens. Lorsqu'on veut faire le portrait d'une vraie personne, même sans dire ses secrets, il faut donc d'abord tout écrire, puis ensuite tout réécrire afin de la rendre méconnaissable. Ça a toujours été ainsi ? Peut-être, mais le lectorat a beaucoup mûri et ne se satisfait plus des vieux stratagèmes romanesques. Philip Roth pouvait nous raconter sa vie en changeant le nom du héros. Kafka pouvait prétendre s'appeler Gregor

Samsa. Aujourd'hui, cette solution me semble un peu ridicule puisque tout le monde sait que le récit puise manifestement dans les choses vues ou vécues par l'auteur.

Ne tromper personne ne saurait être l'ambition d'un écrivain. Cela évoque les comédies de Francis Veber dans lesquelles Pierre Richard s'appelle François Pignon. Je crois que parler du réel de nos jours doit se faire avec de nouveaux outils. Bien entendu, cela reste du roman, avec l'autorisation de couper, monter, reconstruire et réfléchir au rythme, ainsi qu'au sens du récit. Mais l'écran opaque de la représentation est fissuré et ne saurait rester crédible s'il ne se pare pas d'éléments absolument réels. Sans ça, tout sonne faux. Tout le monde contribue donc à ce nouveau mensonge : les grandes séries d'espionnage ou de police mettent toujours en début d'épisode que « toute ressemblance avec le vrai monde serait fortuite » mais chacun sait qu'elles s'inspirent de vraies affaires et que les scénaristes discutent nuit et jour avec des gens de la DGSE ou avec des flics. Je n'aime pas la viande froide. Je comprends cette nécessité du pas de côté pour entrer en terre romanesque. Rien ne m'agace autant que Christine Angot qui se fout complètement de gâcher la vie de l'ex de son mec ainsi que de ses enfants en les rendant reconnaissables.

Je ne prône pas la fuite en avant du romancier à qui on donne le droit de tout raconter. Je fais juste état de l'impasse historique où nous nous trouvons de devoir composer avec des bases juridiques et un lectorat qui sait mieux que jamais dépister ce qui ne sent pas le vrai. Nous sommes lus par des lecteurs informés, spécialistes, à qui on ne peut plus ni faire la morale ni raconter des bobards. On ne peut plus leur faire croire que Tintin ce n'est pas Hergé.

Au sujet du voyage à Saint-Pétersbourg, plutôt que d'aller passer une semaine là-bas, l'école me suggère d'accueillir un professeur russe et ses élèves dans mon atelier, lesquels ne parlent ni français ni anglais, afin de poser les bases d'un partenariat qu'on espère fructueux. Je trouve le projet super pendant dix minutes, après quoi mes élèves me font remarquer qu'on est en train de se faire avoir et qu'il faudrait que je dégaine une autre proposition de voyage aux dates où nous voulions partir. Je propose le parc animalier d'Arnhem aux Pays-Bas, dans lequel Frans de Waal laisse des chimpanzés en semi-liberté. Ça nous ferait comme si on était à Saint-Germain-des-Prés sans les lodens, et avec un peu plus de sincérité. Mais je n'ai pas les contacts et le dossier de voyage doit être bouclé sous quarante-huit heures.

Je pense à Hugo Pratt et suggère Venise. Ça tomberait en plein carnaval, tant mieux s'il y a des touristes et que c'est le bordel. Venise, c'est une ville faite pour le dessin, je crois. Un professeur m'a dit un jour que tout le monde photographie Venise et que comme chacun s'en fait une idée très semblable elle est devenue une ville impossible à représenter. Je pense à la Venise de Mœbius, qu'il avait dessinée sans eau dans les canaux. J'ai encore envie de dessiner la tour Eiffel même si je la croise depuis trente ans et que je l'ai vue mille fois sur les T-shirts des groupes de vacanciers. Je ne crois pas qu'on puisse épuiser Venise.

Hier, mes élèves ont exposé leurs travaux. Comme l'an dernier à la même date. Absence a peint en hyperréalisme les toits paisibles de Paris sous un ciel bleu déchiré par une explosion orange qui serait joyeuse si on ne se demandait pas s'il s'agit d'un attentat. Sévère a livré à la plume les étreintes de chevaux qui s'entre-dévorent. Brioche tapisse ses toiles de feuilles, de fleurs et de chats qu'on peine de plus en plus à distinguer tant ils se mettent à former un syntagme régulier. C'est ainsi dans le cerveau de Brioche. Sa voûte crânienne, comme du papier peint, est tapissée de chats et de fleurs. Elle passe son année à peindre des gouaches de zizis de garçons. Cet été pour se détendre elle a photographié tout un calendrier de rugbymen à poil. Quand je préviens : « Merci de me laisser travailler », elle débarque en disant : « Monsieur, vous pouvez me répondre au sujet de ceci ou cela ? »

Lorsqu'elle a su qu'il y avait un film du *Chat du rabbin*, elle est venue me demander si elle pouvait jouer Zlabya. Je lui ai dit qu'il valait mieux être artiste que comédienne. Je ne sais pas si je le pense mais je souhaitais éluder la question. Brioche m'a dit qu'elle se trouvait jolie et m'a demandé ce que j'en pensais. Elle a insisté en tentant de savoir ce qu'avait une comédienne qu'elle n'ait pas. J'ai répondu qu'elle était formidable, que ce n'était pas la question, et qu'avec le doute qui ronge la planète c'est épatant de croiser une personne qui se sait jolie et talentueuse et qui a raison. « Mais, non, le personnage ce n'est pas toi. » C'est le seul argument que l'on peut invoquer pour ne pas choisir un acteur. Brioche n'est absolument pas Zlabya donc je n'ai pas menti ni botté en touche. Mais ça m'arrange car je n'aimerais pas diriger comme actrice une de mes étudiantes.

Par exemple, il y a trois ans, j'ai fait poser nues quatre mannequins pour le livre et l'exposition sur Salvador Dalí. Je ne souhaitais pas effectuer des peintures ou des portraits uniques. J'avais envie de plus de cent pages de bande dessinée dans lesquelles quatre modèles dévoreraient le projet d'un peintre ridicule. Ce n'est pas Dalí qui est ridicule mais bien le protagoniste du livre en question. Je l'ai appelé Seaberstein pour ne pas mettre Joann Sfar. Vous voyez, c'est complètement débile, personne n'est dupe. Je le dessine gros et blond alors que je suis gros et brun. On a vraiment le temps pour ce genre de bêtises ? Ensuite les filles arrivent, l'une d'elles garde son string, et elles sont dans un hôtel particulier parisien, sur le boulevard Saint-Germain, avec deux piscines. Un riche collectionneur nous prête la maison. Elles doivent danser, bouger, regarder des peintures de Salvador Dalí puis improviser des performances pendant lesquelles elles rejouent les tableaux. Et moi je dessine, je photographie, et je me demande si ça va faire une bonne histoire. L'une d'elles s'appelle Chardon. Dans l'histoire j'invente que c'est l'ex du peintre car elle ressemble un peu à une personne que j'ai connue dans la vraie vie. En réalité Chardon n'est ni mon ex ni ma future, il ne s'est jamais rien passé entre nous. Ça m'arrange juste pour la fiction. À l'époque où je fais cet ouvrage, je ne suis pas encore professeur aux Beaux-Arts. Chardon y est élève. Elle travaille également comme mannequin pour plusieurs grands couturiers.

Arrive la période des diplômes et elle me demande d'aller voir son exposition de soutenance de diplôme. Je m'y rends avec Paupières, une amie comédienne. Chardon expose du vomi en photo. Il paraît que selon les quartiers de Paris les galettes ont une couleur ou une texture différentes. En tout cas c'est la question qu'elle pose : est-ce qu'on vomit pareil d'un arrondissement à l'autre ? Est-ce une problématique sociale ? Et aussi peut-on cartographier la gerbe ou à défaut en faire de jolies photos pigmentées face auxquelles le public s'exclamera : « Oh, c'est beau, qu'est-ce que c'est, sont-ce des coquelicots ? » ?

Malheureusement, Chardon n'a pas son diplôme cette année-là. Elle trouve ça très injuste. Paupières et moi-même la découvrons quasi seule dans son exposition, elle a annulé la fête qui était prévue, les jurés ont douché ses espoirs. Chardon est allemande, ce qui l'autorise, ce jour-là, à dire à quel point la France et ses professeurs et son école sont ringards et ne comprennent rien à son art et au monde qui bouge. Elle montre un arrosoir blanc au mur et nous annonce : « Des comme ça, on en vend cher chez Colette, ils ne connaissent rien en art contemporain ! Ici, c'est la province. D'ailleurs, depuis quand l'École des beaux-arts de Paris n'a-t-elle pas enfanté un grand artiste ? » Paupières pense bien faire et cherche quelque chose à dire pour réconforter Chardon. Pour commenter. Le silence est pesant car nous sommes dans un grand atelier blanc, carré, vide, les photos de vomi ne suffisent pas comme mobilier.

Reste l'arrosoir. Peint en blanc avec une bite à la place du pommeau. Pas une vraie, un moulage de bite. Sans trou au bout mais je ne crois pas que ce soit fait exprès, c'est cependant le détail qui attire Paupières. Avec beaucoup de délicatesse, et afin de proposer une explication rationnelle au refus du jury de diplômer Chardon, Paupières ose lui dire : « Pardon, mais il n'y a pas d'orifice au bout de… enfin de l'arrosoir. Je veux dire que si tu ne fais pas de trou à l'extrémité de la… enfin de la verge, tu ne peux pas verser. » Chardon la fusille du regard. Moi j'admire Paupières et son pragmatisme. Je crois que c'est la seule façon de dire quelque chose d'objectif au sujet d'un arrosoir terminé par une bite qui va ou ne va pas occasionner un diplôme et une fête. « Pourquoi tu as mis un zizi au bout de ton arrosoir ? » aurait plongé tout le monde dans une mélasse d'explications mille fois entendues depuis Alphonse Allais ou Marcel Duchamp. En revanche, « Si tu ne fais pas de trou au bout, cet arrosoir ne va pas fonctionner », ça a l'avantage de parler de quelque chose de concret.

Ce que je voulais dire, c'est que maintenant que je suis professeur aux Beaux-Arts, je ne pourrais plus faire poser Chardon dans mes ouvrages, nue ou pas. Je ne sais pas pourquoi, alors que c'est son métier, alors qu'elle est modèle, y compris modèle nu. Mais du moment que je suis devenu professeur, j'ai besoin que les élèves restent des élèves. Tout ça, ce sont des fictions, c'est comme l'arrosoir, mais on est obligé de leur accorder un peu de crédit sinon personne ne progresse. J'ignore comment évaluer le progrès en matière d'arrosoirs, mais en dessin ou en peinture, puisque mon atelier pratique l'art figuratif, oui, je crois qu'il faut maintenir certaines illusions, comme la distance avec le professeur.

# 12

Je regarde Louise dans son bain. À mes yeux, c'est la forme la plus harmonieuse du monde. Elle porte un masque à l'argile verte qui a un peu séché sur son visage. Parfois elle y pose ses paumes de main humides d'eau bouillante et des craquelures se forment. Ses yeux sont encore mieux au milieu de la terre verte striée. Il n'y a pas de terre sur ses seins, qui effectuent une parade de bébés cachalots au-dessus du liquide. Je suis très amoureux. Je ne la dessine pas. Lorsque j'ai une bouffée délirante en voyant Louise, je fais usage des organes prévus à cet effet, je lui envoie mes mains, mes jambes pour l'entourer, elle me mordille, on s'embrasse, j'y mets la bouche et le cœur et tous les tentacules qu'a inventés le Bon Dieu pour aider à la communication dans le couple. Je pense que lorsqu'on s'aime on va au contact. Quand on accumule des dessins et des peintures, cela signifie surtout qu'on s'interdit quelque chose. J'ai fait des centaines de peintures à l'huile d'une autre femme dans cette baignoire, bien avant de rencontrer Louise. Je ne sais pas ce que je tentais de retenir. Ce n'était sans doute déjà plus là. Le portrait c'est le fou qui s'accroche à son pinceau quand l'échelle est déjà retournée chez le mari. Il me semble que lorsqu'on saisit son crayon, on sait que c'est déjà foutu.

Dans mon adolescence, je me disais que si je dessinais une femme ressemblante, elle m'aimerait. Je proposais à beaucoup de filles de faire leur portrait et n'y parvenais jamais de façon satisfaisante. À la fin il fallait toujours que je leur dessine un animal ou un extraterrestre ou bien n'importe quoi qui leur semblait mignon. Une de mes condisciples, en classe de terminale, souhaitait se faire tatouer son portrait sur le pubis. Il fallait d'abord que j'effectue le dessin sur une feuille de cahier. Une de mes élèves aux Beaux-Arts apprend le tatouage en ce moment, c'est fascinant, elle s'entraîne sur des pamplemousses, organismes vivants, dont l'épiderme paraît-il ressemble au nôtre. Valéry disait : « Ce qu'il y a de plus profond dans l'homme, c'est la peau. » Je regarde les pamplemousses tatoués qu'accumule mon étudiante. Il paraît qu'on peut s'entraîner également sur des pieds de porc. On ressemble autant à un pamplemousse qu'à un cochon.

Et dire que, dans mon lycée, c'est moi qui ai dessiné une fille en ange et son amoureux en diable. L'amoureux devait être générique, non reconnaissable, il fallait qu'il ait des pieds de bouc, une longue queue, des ailes piquantes et un sourire délicieux. L'ange devait occuper la majeure partie du triangle pubien, que j'imaginais glabre. Il devait danser ou se faire pénétrer ou chanter enfin un truc joyeux, tout ça avec un garçon qui n'était pas moi. J'ai effectué le portrait avec beaucoup d'application, ça avait l'air d'un dessin de l'album de Genesis *A Trick of the Tail*, une image faussement cochonne et faussement pamplemousse, pour vieilles dames anglaises un peu salaces. Je n'ai jamais vu le résultat. Cette fille m'a proposé de l'accompagner aux toilettes du lycée pour me montrer. J'ai refusé. Un jour dans un couloir elle a ouvert son jean, là aussi elle voulait me montrer – je m'en souviens très bien, c'était dans la pénombre et le vacarme – et j'ai également dit non. Elle avait mon âge ; si elle vit encore, il existe à Nice une femme de quarante-six ans qui se promène avec sur la chatte son portrait en ange, dessiné par moi. Peut-être que depuis elle a choisi de laisser pousser par-dessus mon œuvre une forêt de poils.

J'ai retrouvé un portrait à l'huile que j'avais fait de mon grand-père, à peu près à la même époque. Je fréquentais la villa Thiole de Nice, une école très passéiste et que j'aimais pour ça. On m'y traitait d'Anglais à cause du surcroît de couleurs que j'étalais partout, je haïssais le camaïeu à l'époque, comme quoi tout change. Mes enfants ont quitté la maison où ils sont nés, avenue de Saint-Ouen. C'est dans cette maison que j'avais accumulé tous les souvenirs de la villa de mes grands-parents. La villa d'Antibes, celle que je dessine dans mes livres de *Petit Vampire*, où loge le petit Michel qui est mon Gregor Samsa pour bébés. De cette maison j'ai gardé un tableau de marine. Il représente des vaisseaux pas trop mal fichus qui se tirent dessus au canon, dans les flammes et la fumée noire. Ça et le tableau de mon grand-père. J'étais parvenu à faire poser pépé Arthur et ma tante Saby. Je me rappelle que ma grand-mère Cécile avait refusé de poser. J'ignore pourquoi. Je n'ai pas de portrait d'elle et ça crée un grand manque. Bien entendu, tout est déjà fichu lorsqu'on prend le temps de faire poser une personne aimée, on sait très bien que le temps est en train de nous l'enlever. Alors on profite de ces quelques heures qu'elle offre, assise, à discuter. Je me rappelle que le même jour, Sandrina avait filmé mes grands-parents et Saby. Pour que nos enfants puissent un jour les voir vivants et entendre leurs voix et leurs souvenirs. Pépé ne parlait jamais de la guerre mais, sous les glycines et transformé en léopard par les taches d'ombre au milieu de la lumière du Sud, il avait partagé quelques histoires. Comment il s'était sauvé par la fenêtre arrière d'un autobus lorsque les Allemands avaient fait arrêter le véhicule. C'est lui qu'on recherchait. Un charbonnier l'avait fait passer au sous-sol de sa maison, dans un tas de charbon, et les soldats l'avaient cherché aux étages supérieurs. J'ai ce portrait à l'huile dans les mains. Il me bouleverse, non par la qualité de ma peinture, mais par le souvenir du long moment où mon grand-père avait accepté de rester immobile. Les regards et les mots qu'on échange lors de ces séances restent en mémoire pour toute la vie. Voir le tableau, c'est convoquer leur présence.

Dans les combles de mon appartement, et dans les réserves de chez Artcurial, célèbre salle des ventes, il me reste quelques grandes toiles qui représentent, à poil, une fille que je fréquentais avant d'être avec Louise. C'est très embêtant. On ne peut pas exposer ces tableaux à la maison. Mais je ne vais tout de même pas les jeter. Tous les petits formats se sont très bien vendus, ainsi par le truchement de la peinture ai-je pu disséminer des souvenirs de ventres et de seins du passé. Et d'autres choses plus intimes sans doute, mais dont j'ai tout oublié car le cerveau humain est très bien organisé. Le mien préfère garder de la place pour mon grand-père. Le problème, ce sont les plus grandes toiles. Celles qui occuperaient tout un mur d'un grand appartement. La photographe Sonia Sieff me l'avait bien dit que les grands formats ne partiraient pas. Aujourd'hui ils encombrent le grenier et j'ignore quoi en faire. Le modèle vivant, appliqué à une personne qu'on ne fréquente plus et dont la simple évocation hérisse la femme qui partage votre vie, se termine souvent aux encombrants.

J'ai rêvé qu'un truc sonnait dans la poche de mon jean. Pas comme un téléphone, un bruit électronique, mais différent. Je tripote, toujours dans mon rêve, et je trouve un appareil auditif. Un seul sonotone. En plastique noir avec une antenne translucide et qui clignote comme un filament de méduse. Je peux le mettre dans mon oreille. Je découvre que c'est celui de mon grand-père et pendant le reste du rêve, grâce à cette machine imaginaire, je peux converser avec pépé. Un tableau, c'est comme le sonotone de ce rêve.

# 13

Je ne supporte pas qu'on loupe un portrait de ma mère. L'acte de foi du dessin d'après modèle emporte dans le papier ou la toile de vrais éclats volés à la vie. Comme si on foutait un grand coup de marteau dans l'os du genou et que des esquilles de cartilage traversaient la peau et allaient se foutre dans nos yeux.

J'écris ça parce que je suis tombé sur le genou. Je n'ai pas vu le film de Maïwenn intitulé *Mon roi*, mais lorsque j'ai eu mal au genou, Louise s'est mise près de moi et a mimé une scène de ce film, composée semble-t-il à partir de jeux de mots foireux sur le «je» et le «nous». Mais tout cela n'a rien à voir. Cette chute, c'est juste à cause du chien de mon fils. Cette bête n'écoute rien et dévore tout. C'est pourquoi j'ai emprunté la perceuse électrique du frère de Louise afin de fixer des barrières un peu partout. Étrangement, je ne me suis pas blessé la main en faisant des trous avec cet instrument, ça m'a tellement étonné que je me suis rétamé la figure sur une barrière à peine l'installation finie. Je suis tombé de tout mon poids (cent quatre kilos) sur le genou. Raoul, mon fils, était gêné de me voir geindre sur le parquet. Louise m'a fait retirer mon pantalon pour appliquer une poche de glace sur l'endroit de l'impact. Effie a eu la présence d'esprit de venir me lécher les cheveux et de me mordiller l'oreille, ce qui n'a eu aucun effet sur la guérison. Un mois après, je claudique encore et on envisage une IRM. J'ai la chance d'habiter quelques étages au-dessus de la Clinique du genou. Si je me fais opérer, ce sera, pour ainsi dire, des travaux de copropriété. Si tout est écrit comme chez Maïwenn et que les blessés du genou ont un problème avec le « je » et le « nous », alors je bénis le ciel d'habiter au-dessus d'un centre de réparation de l'appareil moteur plutôt que d'un cabinet de proctologie.

Un portrait d'après modèle, ce n'est pas une photographie. C'est le seul endroit où se brise en mille morceaux le miroir de la représentation. Si l'on ne croit pas ça, qu'un vrai bout du modèle vivant vient dans le dessin, alors il ne faut plus dessiner.

Posez ce livre un bref instant. Prenez le *Journal* de Delacroix. Lisez-le en entier. Ça fait un long instant, hein ? Voilà, ça va mieux. Votre formation en dessin est achevée.

Vous avez lu sa défiance contre les professeurs de dessin ? Je ne sais plus comment il le formule, mais en substance il dénonce ces gardiens du temple qui faute d'y être jamais entrés mettent toute leur énergie à en interdire l'accès.

Et au sujet des photographies ? Il les aime. C'est rare, à son époque. Il n'y voit aucune menace pour le dessin ni pour la peinture. Mieux : il précise que la copie de photos n'est possible qu'aux plus grands dessinateurs car sinon c'est de la mort que l'on dessine. La vie ne vient dans le dessin que pendant le processus de dessin d'après nature. On observe alors son sujet sous plusieurs angles. Inconsciemment on emplit de subjectivité – je parle aussi de la subjectivité du modèle – chaque ligne et chaque ombre. « L'appareil photo, ce con-là, il y arrive », disait Mœbius. Moi, lorsque je n'ai pas un modèle devant les yeux et que je suis contraint de dessiner d'après photo, j'en prends plein. Je m'efforce de faire les plus mauvaises photos possibles, floues, bougées, mal cadrées, mais qui forment des séquences et dans lesquelles on peut saisir sans effort les mouvements conjoints du photographe et du modèle. Ensuite je les affiche sur trois immenses écrans d'ordinateur et je dessine en ne regardant jamais une image en particulier. Je les balaie toutes des yeux en une fois puis je ne regarde plus que ma feuille. Et ça donne l'aspect, un peu, d'un dessin d'après nature. C'est cela que je recherche. Ce moment, comme chez les Japonais, où l'observation et le dessin sont distincts dans le temps, et où l'on vient piocher les informations dans notre mémoire rétinienne. Alors le souvenir est diffus et l'on est contraint de synthétiser les formes. Cette gymnastique superbe du dessinateur asiatique qui regarde d'abord la montagne puis lui tourne complètement le dos avant d'esquisser le moindre trait, étonnamment, c'est ça que j'appelle « présence du modèle ». Je te vois. Je ferme les paupières. Tu es encore plus présente maintenant et je peux envisager de te dessiner.

Je ne fais jamais de portrait de ma mère. Je ne

sais pas pourquoi. Et j'étais très en colère lorsque d'autres se sont permis de le faire.

Mon grand-père maternel traînait à Nice avec une foule de nanas cosmopolites. C'était vraiment le bal du gouverneur, son truc. Pépé avait dans sa clique un prince polonais reconverti dans les cours de tennis et de golf, une femme de général iranienne réfugiée à Marina Baie des Anges, des Polonais si nombreux que je ne les compte plus – parmi lesquels aucun Juif –, et un ancien espion de la Haganah qui parlait du nez et qui se tripotait la tempe à chaque fois qu'il faisait une révélation au sujet de la guerre du Kippour. Ils avaient des clubs de golf. Parfois ils trimbalaient des chaussettes pleines de sable piqué à Juan-les-Pins pour fabriquer un bunker dans le jardin de l'un d'entre eux. Un bunker pour le golf. Mon grand-père sautait tout le monde. Je n'en tire aucune fierté. C'était une région pleine de veuves et de dames désœuvrées. Dans les rares moments où elle n'était pas à l'hôtel avec pépé, une de ces dames qui s'appelait comme une peluche, Kiki je crois, peignait des fruits. Elle avait offert à mon grand-père le tableau d'un panier de mandarines. Lui, pas gêné, l'avait accroché dans la chambre qu'il partageait avec ma grand-mère. Mémé et moi n'aimions pas ces mandarines, mais dans mon cas il s'agissait aussi d'un point de vue artistique. Je ne veux pas citer Audiard au sujet des cons qui osent tout mais c'est tout de même un bon baromètre de ce dont nos semblables sont capables.

Hier, j'ai répondu à une journaliste qui me demandait si ça ne me faisait pas de peine de me faire dézinguer sur Twitter : « Chère madame, depuis que j'ai vu le portrait de ma maman par Kiki, plus rien ne peut m'atteindre. » Parce que la première chose qu'on apprend lorsqu'on représente un visage et singulièrement une tête de femme, c'est de ne pas dessiner les lignes qui séparent les dents, sinon ça fait des dents de clodo. « Cher monsieur, votre référence, je cite, aux "dents de clodo" dans votre dernier ouvrage relève de la pauvrophobie, car rien ne prouve que les nécessiteux aient une hygiène bucco-dentaire moins soignée que les autres, aussi notre association se réserve le droit de se porter partie civile et demande la saisie de votre ouvrage ainsi que votre décapitation immédiate. »

Kiki, donc, avait trouvé une photo de ma défunte maman et, voulant faire plaisir à mon grand-père, elle avait copié ce portrait, au fusain, sur un Canson jaunâtre. C'était triste, moche et mal estompé. Ça rappelait les merdes que te vendent des Polonais place du Tertre. Aucune polonophobie dans cette remarque, c'est juste que la place du Tertre, c'est une chasse gardée polonaise. Je ne sais plus si je l'ai raconté, quand j'étais étudiant j'y suis allé une fois avec un copain des Beaux-Arts de Paris. Parce qu'on se disait qu'ils dessinent comme des patates et qu'il y a un pognon infernal à se faire avec les touristes qui traînent là-bas. Tu dessines du Batave, du Chinetoque, du Rosbif, du Ricain, du Chleu toute la journée et le soir c'est Sexodrome et champagne Cristal. Sauf que non. Dès qu'on a posé le chevalet, des Polonais nous ont attrapés, mon copain et moi, en mode « Viens voir, toi, on va te faire le ghetto de Varsovie sur la main ». *Wallalaradime*, je jure que c'est vrai : ils ont foutu mon copain par terre, ils ont soulevé un parpaing, ils lui ont tenu la main au sol et un des Polaks lui a dit, avec mauvaise haleine et dents sales – la majorité des Polonais se lavent les dents paraît-il, mais lui non : « Tu reviens, et ta main elle est cassée. » Du coup nous n'y sommes jamais retournés. C'était il y a trente ans, donc peut-être qu'aujourd'hui c'est quelqu'un d'autre qui fait régner la terreur là-bas.

Toujours est-il qu'ils dessinaient comme des merdes, presque aussi mal que Kiki. Le miracle, c'est que mon pépé a apprécié le portrait qu'elle avait fait de ma maman. Il était très ému. Il me l'a montré. Il m'a expliqué que Kiki était gentille et que si je voulais, il m'offrait le dessin. Mon pépé m'a toujours couvert de cadeaux et je l'aimais au-delà de tout, mais malgré cela je lui ai dit ma façon de penser : « C'est moche. » Depuis ce jour, je me fiche complètement de ce qu'un artiste a voulu faire. Tous ces profs qui ne savent rien du dessin et qui en ont tellement honte qu'ils ont inventé le vocable « arts plastiques ». « Arts plastiques », ça signifie : « Je ne sais pas dessiner donc si je fous "dessin" dans le nom de mon métier je passe pour une truffe, alors appelle-moi Leroy Merlin ou ArcelorMittal ou Haribo, ça fera l'affaire, c'est en plastique, en pétrole ou en merde, et ça ressemble à l'époque. »

Pépé s'en fichait que je n'adore pas le portrait réalisé par cette conne de Kiki. Je ne pense pas qu'il était tellement fan des dons artistiques de cette dame. C'est comme lorsque des abrutis se demandent comment François Mitterrand a pu croire aux horoscopes d'Elizabeth Teissier. « Mais tu te rends compte, un type formidable comme lui qui accordait foi à cette divinatrice ? » Mon cul, oui. Si Kiki et Elizabeth Teissier avaient été moches, ni mon grand-père ni François Mitterrand n'auraient fait attention à leurs dispositions artistiques ou oraculaires.

Le portrait de maman par Kiki, ce n'est pas si grave. Mais moi, je ne dessine pas ma mère.

L'autre soir, Saby m'a offert un portrait à l'huile qui représente une jeune femme brune, en affirmant que c'était un autoportrait de ma maman. J'ai refusé de la croire. Je connais bien le style dans lequel ma mère peignait. Je suis devenu dessinateur aussi parce qu'après son décès on m'a donné ses papiers, ses crayons et ses plumes Atome. Elle faisait des dessins de fleurs et d'eau ainsi que des compositions à l'huile épaisse. J'ai toujours un tableau de Venise qu'elle a peint. C'est une toile de petite dimension, au format paysage, c'est comme du Pratt à la truelle, brumeux au couteau mais joli. Bleu-gris. J'y vais souvent en rêve et ça n'abîme rien, ni de mon inspiration ni de la joie que j'ai d'avoir survécu à ma mère.

Je sais où se trouve le tableau de Venise par maman, et j'ai déjà perdu le supposé autoportrait que m'a donné Saby. C'est pourtant bien fait. Mais je n'y reconnais pas le style de ma mère et je n'y vois pas non plus son visage. Même la signature est brouillée. L'image est dans un vert triste, les cheveux se craquellent. Je ne me sens pas bien lorsque je la regarde. Il n'y a aucune présence là-dedans. Je ne sais toujours pas si c'est vraiment elle qui l'a fait ou s'il s'agit d'un portrait de femme anonyme qui a voyagé d'un appartement familial à l'autre avant d'échouer chez moi.

me mieux voir maman en photo. À la même époque, elle posait pour Saby. Ma tante fabriquait des robes en cuir de haute couture, ornées de dessins au poinçon. Elle travaillait pour Paco Rabanne et pour d'autres créateurs, avant de créer sa propre griffe. Elle vendait beaucoup aux pays du Golfe et devait signer des papiers pour jurer qu'elle n'était pas juive. Ils sont fous, les émirs. Ils adorent les Juifs. À chaque fois que ses clients arabes fichaient un pied à Paris, ils filaient chez tata Saby qu'ils adoraient. Mais pour des raisons administratives, il fallait signer un récépissé prouvant que Son Excellence le mamamouchi n'achetait rien chez des Juifs. « *Ich bin kein* youtre, youpin *haram*, mais bien entendu, chère madame, allons prendre le thé. Oh non, buvons plutôt du champagne. Promis, juré, c'est pas de l'alcool, *nahdin gazouz*, comme on dit. » Sérieusement, vous voyez l'état du monde. Et on veut enlever aux écrivains les outils dont ils disposent pour décrire la merde quand ils la croisent.

Et ma maman posait. Petite brune fine, des cheveux partout, un rire de gamine qu'on entend même sur les photos. Il a tout grignoté. Je parle du temps. Les photos sont encore dans le book de tata Saby. Certaines sont trop grandes alors on les range debout parmi les robes. Quand Louise a mis un pied chez ma tante, j'ai cru qu'elle allait tomber dans les pommes en voyant toutes les jolies tenues. Saby a tout chez elle, toute la mode depuis Saint Laurent à Rochas en passant par Balmain. C'est le musée du pop tout bien rangé dans des étuis rhodoïd. Et pressée contre ces tenues à la « Zean-Christoff Azerty », ma maman en photo qui s'abîme.

J'ai utilisé une des grandes photos comme barrière pour empêcher le chien d'entrer dans mon bureau. Je vis dans un appartement un peu ouvert de partout. C'était un logement de célibataire avec frigo accessible depuis la table à dessin et canapé tout proche. Maintenant on y vit en couple avec quatre chats, deux ados et un chien légèrement agité. Alors ma maman en photo collée sur de l'aggloméré garde l'entrée de mon bureau. Grâce à cette photo, je dessine en paix. Mais son autoportrait à l'huile, je ne sais pas où je l'ai mis.

## 14

Louise joue. Tout le temps. Elle est d'une sincérité absolue puisqu'elle pleure dès qu'elle voit un drame à l'écran. Elle me griffe le bras en avion et quand elle regarde des films d'horreur. Elle fait de longues phrases pour s'adresser aux chats et n'aimerait pas qu'on considère les peluches comme de simples agrégats de poils avec des yeux en plastique. Louise peut s'arrêter dans une mercerie et consacrer deux heures à choisir puis acheter deux cents boutons différents, parmi lesquels plusieurs en forme de ciseaux et un certain nombre en petits chiens. Elle est dingue de rubans et de cuisine et de mode et de vin. Elle s'y connaît. Tout ça pour dire qu'on ne peut pas être davantage conscient du monde que Louise. Elle connaît par cœur les accidentés de l'existence : ceux qui sont tombés pour drogue, pour maladie grave, pour rupture amoureuse, pour connerie même, car c'est aussi une excellente façon de gâcher sa vie, la connerie.

Je n'aime pas ceux qui se font des idées. Louise sait à quoi s'en tenir. C'est comme pour Saint-Ex. Tu ne peux pas lui balancer comme ça que *Le Petit Prince*, c'est naïf. C'est un aviateur et il a vu tomber plein de copains pour de vrai. Donc, lorsqu'il te raconte qu'il voit le petit prince dans les étoiles et que les serpents sont dangereux, c'est de l'hyperréalisme, il sait de quoi il parle. Et cependant il joue. Louise, c'est pareil. Il n'y a pas un instant de son existence qui soit autre chose qu'un spectacle. C'est la conséquence d'un diktat imposé aux femmes par deux mille ans de patriarcat, cette façon d'être tout le temps passionnantes à regarder même quand elles dorment ? Ou bien c'est de la grâce ?

Le dessin, c'est pareil : tu ne décolles pas du monde, tu ne dois jamais parler d'autre chose que des formes du réel et des lois qui les fabriquent, et cependant ton travail doit chercher à ravir l'observateur. Il doit en sortir amoureux de Louise.

Je dessine très peu Louise. Je m'aperçois que lorsque j'ai dessiné des femmes de façon obsessionnelle, c'est qu'il ne se passait rien de sérieux entre nous.

Je dessine Louise ou Fabien ou mes enfants ou Sandrina, quand j'étais avec elle, comme des personnages de mon clan. Je les représente sans agitation graphique. Ce sont des caricatures simples et bienveillantes. Ça n'a rien à voir avec l'art du portrait. Les fois où l'on se plante devant un modèle et où l'on met toute son énergie à dire la découverte qui a lieu, cela signifie qu'on ne se possède pas, qu'on s'offre aux regards et probablement qu'on ne s'aimera jamais. Prendre une personne dans ses bras c'est beaucoup plus agréable que de faire son portrait. Si je fais ton portrait, c'est que pour une raison ou une autre tu es absente de mes bras.

Je ne devrais pas écrire ça. Ça la rend dingue, Louise, que je ne fasse pas davantage son portrait. Ça signifie que je suis fou amoureux, elle l'a bien compris, mais ça ne peut pas lui convenir, elle veut aussi de jolies images. Si elle lit ces lignes elle va me dire : « Je te préviens, tu n'as plus le droit de me prendre dans tes bras tant que tu n'auras pas fait mon portrait. » Et tous les jours plein de photographes niaiseux écrivent à Louise pour la faire poser de toutes les façons imaginables. Ça me rend très jaloux, et me fait rire aussi. C'est une jalousie qui ne fait pas mal. Ça ne me dérange pas lorsque des hommes draguent Louise si c'est valorisant pour elle. Mais s'ils l'embêtent, je vois rouge. Maintenant que j'ai un genou abîmé, est-ce que je suis toujours capable de pulvériser n'importe quel fâcheux ?

# 15

Peu d'hommes me lisent. Je suis lu à quatre-vingts pour cent par des femmes. Je ne parle pas de mes livres en particulier, mais du livre en général. J'ai appris ça quand il existait encore en France des librairies Virgin Megastore. On m'a appelé car je faisais partie d'un panel représentatif d'auteurs que la marque souhaitait interroger pour améliorer ses prestations :

— Monsieur Sfar, en tant qu'auteur, avez-vous été bien reçu chez Virgin ?

— Oui, à part le truc de la femme enceinte, c'était super.

— Pardon ?

— Non, ce n'est pas votre faute. J'ai signé dans votre magasin des Grands Boulevards et comme c'était pour *Le Chat du rabbin* et que c'est le quartier des restaus casher, toute ma communauté était là. Il y avait des Juifs partout, j'aimais bien. Les gens m'apportaient des pâtisseries, du thé. Il y en a même une qui m'a dit : « C'est un scandale, mon petit Jonathan refuse de faire sa bar-mitsva, faites-lui un dessin. »

Alors j'ai dessiné un chat qui dit : « Jonathan, tire-toi tant que tu le peux encore, c'est tous des dingues. » Une autre dame séfarade interdisait à son fils de manger les petits chocolats mis à disposition du public parce que ce n'était pas autorisé, il paraît qu'il y a des molécules de cochon dans le chocolat. Alors pour faire marrer le gosse, j'ai dit que c'était autorisé, même le papier, et j'ai mangé un chocolat avec son papier doré et son papier noir qui emballe le papier doré et la dame a rigolé aussi, enfin tout allait bien. Mais ils étaient nombreux. N'allez pas croire que je trouve qu'il y a trop de Juifs à Paris, ni même que je trouve qu'il y a trop de Juifs aux dédicaces du *Chat du rabbin*, j'ai d'excellents amis juifs, ce n'est pas la question. Je parle de votre escalier et de l'exiguïté du sous-sol où j'ai signé. De fait, il y avait une dame enceinte qui transpirait et me faisait comprendre qu'elle allait tourner de l'œil. Je crois que c'est une spécialité israélite. D'ailleurs, à chaque fois que je geins, Louise me dit : « Tu es tellement juif. » Je ne porte pas plainte contre elle parce que je l'aime mais il me semble qu'il y aurait matière à procès, c'est de la stigmatisation. Vous connaissez cette blague ?

— Monsieur Sfar, on s'éloigne du sujet de mon enquête.

— Ah, s'il vous plaît ! C'est vous qui m'appelez, donc maintenant vous m'écoutez. Chez moi, même mes chats n'en peuvent plus de m'entendre parler, alors là vous vous taisez et vous faites votre job.

— C'est-à-dire ?

— Vous écoutez ma blague. Voilà. C'est Moshé et Hannah qui cousent des fourrures dans la même soupente de la rue Saint-Denis depuis cinquante ans, tu sais même pas comment ils ont échappé au Vél d'Hiv, décidément la police française est bien négligente. Ils sont fourreurs, ont survécu et à Hitler et à l'usure du couple ; Hannah le trouve parfait, son Moshé. Et comme dans *Vivement dimanche !* de Truffaut, ils voient les jambes des dames qui tapinent au-dessus. Depuis cinquante ans. Alors Hannah dit à Moshé qu'il a été un tellement bon mari que pour le remercier, une fois, elle aimerait bien qu'il aille aux putes, ça lui ferait du bien. Moshé obéit. Il dit pas un mot, pose son ouvrage, se lève de derrière sa machine à coudre et part trente minutes. Puis il revient, et se remet au travail. Et au bout d'une heure de bruit de machine à coudre, Hannah lui demande tout de même comment c'était. Moshé répond que c'était comme avec elle. Hannah demande si c'était vraiment exactement pareil. Moshé répond que la seule différence, c'est qu'à la fin, la pute a gémi. Hannah, le soir même, grimpe sur Moshé et au moment de jouir elle se met à geindre : « Ayayay, le tiers provisionnel, ayayay, mes factures ! »

— Monsieur Sfar, c'est fini ?

— Non. J'en ai une autre. C'est un Juif qui téléphone à sa mère. Il lui demande : « Maman, ça va ? » et la mère répond : « Oui. » Alors le type dit : « Rappelle-moi quand tu seras seule. »

— Monsieur Sfar, au sujet de la femme enceinte…

— Ah, vous voyez que ça vous intéresse, finalement. Eh bien elle n'était pas enceinte, c'est tout. Je lui ai envoyé le vendeur Fnac de chez Virgin. Vous les appelez « vendeurs Virgin » ? Pas sûr. Je crois que même chez Virgin, ce sont des vendeurs Fnac. Je me souviens qu'il était sympa. Il a traversé la foule. Parce que je lui ai demandé d'aller chercher cette dame enceinte qui roulait des yeux dans les escaliers, de la faire passer devant pour qu'elle ait son dessin et qu'on me trouve plein de considération pour son état ou qu'à défaut on se dise que j'en avais assez de la voir ahaner. Mais au lieu de revenir avec elle, auréolé de la satisfaction d'un éco-warrior qui vient de sauver une baleine, il était seul. Parce qu'elle n'était pas enceinte en fait. Alors le vendeur m'en a voulu. La dame, non. Elle a dégringolé de tout l'escalier, morte de rire, et elle m'a dit : « Je ne suis pas enceinte, je suis volumineuse, mais c'est parce que je suis une ancienne combattante, j'ai fait la guerre comme Rika Zaraï mais moi, j'ai le cul trop gros pour entrer dans une bassine, vous comprenez pourquoi, parce que j'aime la vie. » Je l'ai trouvée formidable, cette dame, et je lui ai fait son portrait en un peu plus mince, pas trop, fallait que ça reste crédible, mais grosse jolie. Elle était contente, j'étais content. Moi je suis comme elle, si on me dessine maigre, ça me vexe, je fais mon poids, je l'ai gagné, chaque kilo que je ne suis pas parvenu à perdre, ça a été mon combat. Alors si on me mincit je pense qu'on me rejette pour ce que je suis. En revanche j'aime bien qu'on me dessine aussi gros mais un peu plus ferme, avec moins de sueur, moins de poils, moins troll, plus orque épaulard.

— Monsieur Sfar, je vous ai perdu.

— Oui, je voulais vous dire que le vendeur a été vexé à cause de cette histoire de femme enceinte, il s'est senti exclu. Peut-être parce qu'il était plus maigre que cette dame et moi, mais à part ça, en tant qu'auteur, je n'ai rien à dire au sujet de votre enseigne. Par contre, comme client, je tiens à vous dire que je ne suis pas content.

— Pourquoi, monsieur Sfar ?

— À cause des videurs à l'entrée. Vous savez quoi, je crois que si un jour les librairies Virgin ferment, ce sera parce que vos lecteurs n'en peuvent plus de se faire fouiller à l'entrée par un mastard qui a été formé pour faire videur de boîte de nuit ou agent de sécurité à l'aéroport mais certainement pas libraire. Je sais pas combien on vous vole de livres, mais vous n'imaginez pas le nombre de gens qui n'en peuvent plus qu'on les prenne pour des voleurs. Tenez, moi par exemple, dès que je passe plus de dix minutes sans rien acheter dans une boutique, j'ai l'impression d'être suspect aux yeux de tous, alors si en plus on me fouille !

— Monsieur Sfar, ça ne changera jamais. Vous n'imaginez pas à quel point nos lectrices ont besoin de sécurité.

— Vos lectrices ?

— Monsieur Sfar, vous êtes du métier.

— Je ne comprends pas.

— C'est bien simple, les lectrices se font tellement harceler dans les rayons que si on n'a pas d'agent de sécurité, elles ne sont pas tranquilles. Et vous le savez, monsieur Sfar, le livre, c'est avant tout les lectrices.

— Je ne comprends vraiment pas.

— Oh si. Vous le savez aussi bien que nous, toutes les enquêtes concordent : en France, quatre-vingts pour cent des ouvrages lus ou offerts sont lus ou offerts par des femmes. Les hommes ne lisent pas, monsieur Sfar, ou juste par accident. Parce que leur copine leur a donné le bouquin ou parce qu'ils sont homosexuels. Les hommes homosexuels lisent autant que les femmes, hétéros ou homos. Mais un homme hétéro, ça ne sait pas lire.

— Vous vous foutez de ma gueule ?

— Monsieur Sfar, il ne s'agit pas d'une opinion, toutes les études disent pareil. Et si vous retirez les bandes dessinées de votre étude, je veux dire si vous vous en tenez aux romans, on monte à plus de quatre-vingt-dix pour cent d'ouvrages qui ne seront lus que par des femmes. Donc la sécurité dans nos magasins, c'est pour ça. C'est leur première réponse au sujet de notre enseigne : elles s'y sentent en sécurité.

Je ne sais pas si c'est vrai. Je sais en revanche que toutes les boutiques Virgin ont fermé peu après. Mais ce chiffre m'a été confirmé par la suite à de nombreuses reprises, par divers professionnels de la chaîne du livre.

Donc, en France, si l'on est romancier, on est romancier pour dames. J'ignore comment ça se passe dans les autres pays. Peut-être qu'ailleurs les mâles savent lire. Étrangement, l'immense majorité des héros de romans sont des hommes. Même quand une femme écrit, elle prend souvent un homme comme héros. Quand J.K. Rowling écrit, elle décide que son héros ne sera pas une petite fille. Lorsque je travaillais pour David Heyman, le producteur de *Harry Potter*, il me disait qu'on peut y mettre toute la bonne conscience politique qu'on voudra, les romans pour adolescents se vendent mieux quand le héros est un garçon. Je crois qu'on peut trouver un milliard de contre-exemples. Mais il me semble que c'est quand même paradoxal, un marché où l'immense majorité des clients sont de sexe féminin et plus de la moitié des héros (et encore, je suis gentil) des hommes. On pourra en conclure que le patriarcat a habitué les lectrices à s'identifier à un héros masculin comme féminin. Moi je m'en fous. J'aime autant si le héros d'un livre est ceci ou cela. Je ne crois pas qu'on lise pour se connaître davantage ou pour découvrir un personnage qui nous ressemble. Plus on voyage, mieux c'est. Un portrait de femme et un portrait d'homme, c'est peut-être exactement la même chose.

# 16

Une femme, c'est comme un être humain sauf que ça peut mourir. Cette phrase est fausse. Elle n'a de sens que pour moi. Fort de cette maxime, j'ai englouti avec toutes les autres règles du machisme méditerranéen les enseignements de mon père et de mon grand-père.

Tenir la porte. Marcher du côté de la circulation. Gravir un escalier devant elle si on descend et derrière elle si on monte – n'écoutez pas les abrutis qui vous disent qu'il ne faut pas monter un escalier derrière une femme car on n'a pas le droit de regarder son cul, c'est complètement faux : un vrai gentleman se tient derrière et ne regarde pas le cul, on n'est pas des chiens. On m'a élevé dans un monde où on casse la gueule à quiconque se comporte mal avec une femme. On m'a aussi appris qu'elle ne doit pas mettre ses pieds dans une flaque. Qu'on lui ouvre la porte du taxi et qu'il ne faut pas qu'elle se glisse sur le siège du fond : elle s'assied, tu fermes la porte, tu fais le tour de la bagnole, même si tu te retrouves au milieu de la circulation, puis tu vas t'asseoir de l'autre côté. Tu effectues un baisemain sans poser les lèvres. Tu entres avant elle dans un restaurant pour affronter les regards, tu sors avant elle pour faire rempart de ton corps face à on ne sait pas quoi et tu fais ça tout en tenant la porte. Je n'ai pas grandi chez des agresseurs sexuels.

Mon père et mon grand-père auraient cassé les dents à quiconque se serait montré insistant ou désagréable avec une femme. Ils avaient un code de conduite de vieux machos. La fidélité, ils s'en foutaient complètement. Ils aimaient les hôtels et faire du cirque. Ils étaient très à cheval sur le type d'établissement que l'on pouvait fréquenter, sur les tenues à porter dans tel ou tel d'entre eux, notamment ceux dans lesquels il fallait porter un smoking ou des gants. Même lorsqu'ils mettaient une tenue de sport, c'était chic. Lorsqu'il y avait un pique-nique à la campagne, mon père portait un plaid, l'étendait, et installait tout.

Ça le rendait malade qu'un type regarde une nana de façon moche. Il avait un collègue avocat qui reluquait les dames par en dessous, l'air torve. Quand un homme se comportait mal, mon père prenait ça pour une insulte faite à tout le genre masculin. Je ne vais pas chercher à écrire une seule ligne pour désavouer le comportement de mon père ou de mon grand-père. J'ai tout aimé de leur vision du monde. Ce qui les guidait, c'était l'orgueil. C'est bien, comme ligne de conduite, l'orgueil. Si on est fier, on ne forcera jamais quelqu'un à quoi que ce soit. On ne supportera jamais d'utiliser sa position hiérarchique ou professionnelle pour séduire. On ne voudra pas d'un baiser s'il est donné par une personne ivre ou qui ne sait pas ce qu'elle fait. On n'aura jamais recours ni à la grossièreté ni à la force. Et, poussé au bout, l'usage de l'orgueil consiste finalement presque à dire qu'on n'embrassera jamais le premier. J'ai adoré tout ça. Et je m'aperçois aujourd'hui que ce n'est pas bien. Dans un monde où l'égalité entre les sexes serait totale, une femme n'aurait pas besoin qu'un homme la protège ou casse la figure à ceux qui lui manquent de respect. Un monde égalitaire, c'est une société où les femmes peuvent te casser la gueule si tu t'es comporté comme une crotte. Mais nous n'y sommes pas.

À chaque fois que Louise a un travail, ça se termine mal. Elle bosse dans de grands restaurants, dans la mode parfois. Au début on l'accueille avec de grands sourires. Le patron la traite très bien. Puis au bout d'une semaine quelqu'un dans l'équipe la frôle de près ou la serre carrément ou lui fait des avances. Elle décline gentiment. Et là, on se met à la saquer et à lui faire mille reproches, jusqu'à ce qu'elle démissionne. Je ne peux pas raconter le détail, je ne crois pas qu'elle le permettrait. Elle a du courage, elle ne se laisse pas emmerder. J'étais à deux doigts d'écrire : « Elle se défend très bien toute seule. » Mais non. Car sa défense, en général, c'est de démissionner, alors qu'elle n'a rien fait de mal. Par orgueil. Exactement le même orgueil qui animait mon père et mon grand-père. C'est injuste. Quand les hommes qui m'ont élevé faisaient preuve d'orgueil, ça les aidait. Lorsque Louise fait de même, elle doit quitter son emploi. Pardon de tirer la couverture à moi ou de faire de l'homme amoureux une victime collatérale de ces histoires, mais on ne parle pas assez de la réaction que doit avoir l'homme dont la femme avec qui il vit est harcelée. Tu fais quoi ? Tu vas casser la gueule à son patron ? Si tu fais ça, elle se fait virer tout de suite et elle va te le reprocher, en disant qu'elle sait très bien se défendre toute seule. Aujourd'hui les poings d'un homme ne servent plus à rien car les femmes, et je les comprends, ne souhaitent plus qu'ils en fassent usage. Voilà où nous en sommes. Dans la situation intermédiaire où les hommes n'ont plus le droit de se battre pour vous, les femmes, et où vos coups de poing ne cassent pas encore autant de cloisons nasales que les nôtres. L'optimisme consiste à affirmer que c'est un progrès. Et moi, mon père me manque.

La première histoire de violence sexuelle dont je me souviens est arrivée à une jeune femme niçoise. Elle rêvait de travailler dans l'édition, et puisque son père était un grand libraire, elle pensait débarquer à Paris auréolée d'une certaine bienveillance. Elle avait terminé des études littéraires brillantes. Je me souviens qu'elle était grande, fine, encore plus bronzée que les autres Niçoises et qu'elle regardait le monde à travers des yeux verts éclairés par effets spéciaux comme les sabres laser de *Star Wars*. Son papa avait appelé ses amis éditeurs. Elle avait pris le train. C'était la première fois qu'elle allait seule à Paris. Dans la première maison d'édition où elle s'est présentée, le patron l'a tout de suite embauchée en lui faisant des compliments et sur son cursus et sur son physique. Il s'agissait d'un monsieur qui aurait pu être son grand-père. Elle était ravie. Immédiatement après la bonne nouvelle, le vieux lui a fait savoir qu'il l'invitait au restaurant et à boire du champagne pour fêter ça. Elle a répondu que son fiancé ne serait pas content. On lui a demandé pour qui elle se prenait. Je ne sais pas si elle a pleuré. On lui a dit d'aller se faire voir ailleurs. Elle s'est donc rendue à la deuxième adresse que lui avait donnée son papa – rassurez-vous, même si ce souvenir évoque *Boucle d'or et les Trois Ours*, je vais m'arrêter au deuxième cochon, car ensuite elle a jeté l'éponge. Dans la deuxième maison d'édition où son papa lui avait obtenu un rendez-vous, l'éditeur était encore plus vieux. Mais tout aussi souriant. Il fut lui aussi charmé par les résultats scolaires et les yeux verts. Il proposa une embauche assortie d'avances encore plus directes que celles du précédent. Là aussi, j'ignore si elle a pleuré. Je sais qu'elle est rentrée à Nice et a juré qu'elle ne mettrait plus un pied dans le monde de l'édition.

C'est moins grave que cette amie qui est allée en boîte de nuit sur la promenade des Anglais et qu'un type a suivie jusqu'à son domicile. Il a mis le pied dans la porte d'entrée et pendant qu'il la violait, elle n'a pas osé faire le moindre bruit. Elle a été tellement silencieuse que cette histoire, elle ne nous l'a racontée que vingt-cinq ans plus tard. La police n'a jamais entendu parler de ce crime-là.

Papa disait au sujet de la mort de ma mère : « Elle est partie parce qu'elle était trop bien pour notre monde. » C'était là sa vision de l'amour et des femmes en général. Guy de Maupassant a écrit des femmes qu'elles étaient des « êtres charmants et sans importance ». Voilà les deux pôles autour desquels s'est développé le machisme, une envie de protéger doublée d'une incapacité à écouter. Parce que les héros de romans sont trop souvent des hommes et qu'on n'a pas appris aux garçons à se mettre à la place des autres.

Je sais que lorsque je fais le portrait d'une femme, c'est l'inverse du machisme. Je joue à la fois à être elle et à lui être extérieur, mais sans la dévorer. Il y a derrière la notion de modèle vivant l'envie de rester délicat sans plus jamais être galant. Je pense que c'est une solution pour conserver la joliesse de nos comportements sans empêcher l'autre sexe de respirer. Je n'irais pas jusqu'à dire que c'est inoffensif. Personne n'aspire à être anodin.

## 17

Mes élèves ont du chagrin à cause du voyage en Russie devenu un projet de déplacement à Venise qui finalement a capoté. Ils se sont disputés. Parce que l'école leur a fait savoir qu'il ne fallait pas plus de six noms sur la liste des partants. Ils sont trente-deux. Il y a treize places dans mon atelier, mais trente-deux jeunes artistes s'y agglutinent. Les première année sont exclus des voyages scolaires. Quant aux autres, ça se joue à l'ancienneté dans l'école car plus ils approchent de la fin de leur scolarité, moins ils ont de possibilités de faire un voyage. On dit à ceux qui sont en deuxième année : « Tu partiras une autre fois. » Fiston et Poisson ont tout organisé. J'ai refusé de décider qui serait sur la liste et qui n'y serait pas. Cela a créé des rancœurs car ils ont dû se débrouiller seuls et ont été accusés de favoriser untel ou untel. « De toute façon, on avait peu de chances d'être choisis, me disent-ils. Alors nous avons préféré annuler tout le projet pour ne pas créer davantage de tensions parmi nous. » Ils s'entendent bien, pourtant, d'habitude. Prenez trente-deux jeunes gens entre lesquels tout va très bien, séparez-les en deux groupes et demandez-leur de choisir six noms pour un voyage plus qu'hypothétique : tout se détraque. Je vais aller les voir cet après-midi pour en discuter.

Deux autres élèves me demandent si je peux les aider à se rendre au festival d'Angoulême. C'est ça, la vie d'artiste : tu commences par rêver d'être reçu aux Beaux-Arts de Saint-Pétersbourg et tu finis par quémander un billet d'entrée au festival d'Angoulême sans avoir la certitude de l'obtenir. Je vais voir ce que je peux faire. Je sais que si je passe par les canaux officiels, on me dira non. Je vais voir combien ils sont et demander à mes éditeurs si on peut leur machiner un badge avec marqué « Auteur ». Angoulême, ça n'a pas changé depuis les *Illusions perdues* de Balzac. Certaines villes portent leur malédiction. C'est joli quand tu es enfant et que tu découvres sur France 3 qu'il existe un lieu dédié à la bande dessinée. Puis tu y vas et tu finis par travailler dans ton coin. Mes élèves ne le savent pas encore et je souhaite le plus longtemps possible leur cacher la vérité à ce sujet.

Je ne sais pas pourquoi ils ont tous tellement envie de partir en voyage. Je voudrais qu'ils dessinent ce qui se passe dans la rue devant les Beaux-Arts et chez eux. Eux ils veulent un déplacement initiatique où l'on se raconte qu'on vit une transfiguration. Nous n'avons plus de service militaire, le permis de conduire va disparaître à l'ère des voitures électriques et, par chance, ils sont à peu près tous persuadés que partir faire la guerre en Syrie n'est pas une excellente idée. Reste ce voyage, en Italie ou ailleurs, que la littérature promet aux artistes.

Je voudrais trouver une solution pour les emmener tous quelque part. Où, on s'en fout. L'idée c'est d'être ensemble dans un autobus, de manger des sandwichs écrasés dans nos sacs à dos et de dessiner. Je ne sais pas qui appeler. Comme ils sont cruels, l'un d'entre eux me dit : « Vous ne pouvez pas nous faire venir sur un de vos tournages ? » Je leur réponds que mes films ne se financent pas, ce qui est vrai.

Je réfléchis. Je vais les emmener à nouveau à la SPA dessiner les petits chats et les petits chiens abandonnés. Au moins on saura pourquoi on pleure. La SPA me propose qu'on aille loin dans la campagne, là où ils gardent les chevaux rescapés de l'équarrissage ou des courses. Il existe une SPA pour chevaux, c'est triste mais on veut bien aller y dessiner. Ce ne sera pas vraiment un long voyage, c'est un aller-retour en train dans la journée. Pas tout de suite, il fait trop froid, on verra plus tard dans l'année.

Je crois qu'aucun d'eux n'a fait mon exercice sur le ju-jitsu. Ils ont fait un petit journal et l'ont appelé *Bonjour bienvenue.* Je leur ai dit que le titre était nul. J'ai eu honte de leur dire ça, ça m'a rappelé la première fois que j'ai réussi à embrasser une fille et où mon père n'a rien trouvé d'autre à me dire que : « Elle a des mollets de footballeur. » Mais ils ont ri et ils pensent comme moi que leur titre est mauvais. En revanche, le contenu est formidable. Le titre, c'est juste la preuve que lorsqu'une collectivité tente de choisir quelque chose démocratiquement et par élimination, ça donne *Bonjour bienvenue.* Le collectif est bénéfique aux arts à condition qu'il ne s'embarrasse pas trop de démocratie. *Weirdo* est mon titre favori de fanzine, Crumb avait dessiné sur la couverture de ce journal un verre d'eau, c'est le jeu de mots le plus cool du monde. Sinon il y avait *Ère comprimée*, c'est aussi bon que *Métal hurlant* mais ça a moins marché. *Lapin*, ça ne veut rien dire, c'était bien pour un collectif rigoriste.

Mes élèves commencent à se demander ce qu'ils veulent dire. « C'est une bande dessinée qui se déroule dans la tête de quelqu'un en train de se pendre mais on ne s'en aperçoit qu'à la fin. » C'est plein de sexe et de suicide et de monstres, leurs histoires. Je les encourage à dessiner aussi des choses de tous les jours. Comme lorsque j'allais faire des autopsies et qu'en sortant des cadavres ouverts comme des capots de bagnole je ressentais le besoin d'aller au jardin et de remplir des tas de pages de carnet d'oiseaux, d'arbres et de familles qui jouent sur les manèges et dans le sable. Je crois profondément au portrait du monde comme antidote aux pulsions déraisonnables. Une élève me dessine des têtes de canard qui entrent dans des vulves. Puis des éléphants avec une grosse bite à la place de la trompe. Puis des animaux entiers qui entrent dans des chattes et des gouaches de zizis en érection avec les veines, tout ça. Ce genre de dessin prend beaucoup de place, elle met côte à côte de l'abject et du mignon. Ça fait penser à des publicités pour les macarons Ladurée, mais avec des horreurs au milieu. Ce n'est pas provocant, c'est incongru et drôle. Je voudrais tout de même aussi qu'elle voyage dans la rue à côté de l'école pour dessiner des gens au bistro dont on ne verrait pas le sexe.

Comment je vais réussir à tous les emmener en voyage ?

## 18

Merci à ceux qui étaient là aujourd'hui. Je me suis aperçu que plutôt que les grands mots vous aimiez bien quand je dessinais. Dorénavant je vais tenter de dessiner davantage et parler moins lorsqu'on évaluera vos travaux.

Puisque mon histoire de ju-jitsu n'intéresse finalement personne, je vais vous donner un autre exercice : réalisez dix pages de bande dessinée, pas une histoire qui nécessite les explications de l'auteur, mais un truc pas du tout bizarre que même votre grand-mère pourrait comprendre.

Je souhaite vous voir travailler en binôme, et oublier votre propre style ou votre univers, pour réaliser cet exercice de maîtrise.

Un tableau est installé au mur pour inscrire les binômes.

C'est ce que j'ai envoyé sur notre messagerie après avoir vu mes élèves aujourd'hui.

J'essaie de les obliger à travailler à plusieurs. J'aimerais aussi qu'ils s'aperçoivent que l'éditeur ou le lecteur ne sont pas des extraterrestres. Je voudrais qu'ils fassent des histoires qu'eux-mêmes seraient susceptibles d'aimer. Souvent les jeunes artistes produisent une œuvre qu'ils n'achèteraient jamais s'ils la voyaient en librairie. Ils ont l'âge où l'on croit qu'on peut inventer un genre littéraire ou une nouvelle forme de récit. On ne peut pas. Il existe des genres très solides et qui évoluent de façon organique en se croisant parfois. Certains périclitent, comme la romance, d'autres semblent attachés à un continent en particulier, comme les super-héros qui ne parviennent pas à se développer correctement en Europe. D'autres changent d'aspect selon qu'on les pratique au Japon ou en Angleterre ou chez nous, comme l'horreur. Il doit y avoir une centaine de genres littéraires différents, qui comprennent chacun des sous-genres. Tous ont leur histoire. Je voudrais que mes élèves s'aperçoivent qu'il n'y a rien de banal à dire : « Je vais faire un polar. »

Ils ont compris. Ils adorent l'idée. On va voir ce que ça donne.

Une de mes étudiantes était au bord des larmes. Elle ne voulait pas parler devant ses camarades. J'ai fini par lui écrire afin de savoir ce qui se passait. C'est à cause de mon enseignement, semble-t-il : elle trouve qu'il n'y a pas assez de cadre. L'année passée, ses parents l'avaient inscrite dans une école préparatoire de dessin. On lui donnait des devoirs à faire, les élèves recevaient des notes, ils étaient évalués dans diverses matières. L'ENSBA ne fonctionne pas vraiment comme ça. Et encore, ça s'est civilisé depuis le temps où j'y étudiais. Nos élèves sont considérés comme des artistes et on les met face à la difficulté première métiers qui consiste à décider soi-même de tre au travail. Lewis Trondheim répète que la seule chose ardue dans la vie d'un auteur ou d'un dessinateur, c'est de prendre son stylo et de l'amener vers la feuille.

Ma fille vit le drame opposé. Elle étudie dans la classe préparatoire où était mon élève anxieuse l'an dernier ; elle s'inquiète des choses inverses : c'est trop scolaire, on lui donne mille exercices à faire et elle n'a pas assez de temps à consacrer à son œuvre.

Derrière ces deux craintes se trouvent des interrogations identiques : à quoi ça sert d'être un artiste ? Est-ce que ça va marcher ? Est-ce qu'on a du talent ? Comment prendre cette activité au sérieux lorsqu'on voit le nombre d'étudiants en art et qu'en examinant son propre boulot on a la certitude de ne pas être le ou la plus virtuose ? Je leur réponds que je me pose les mêmes questions après vingt-cinq ans de métier et que ma seule certitude consiste à penser que ceux qui affirment savoir dessiner ou avoir une méthode pour écrire une bonne histoire sont des artistes ratés.

Je donne à mon élève des travaux supplémentaires. Pendant une semaine elle ira dessiner des garçons de café ou des serveuses et elle choisira l'un de ces croquis pour en faire une peinture à l'huile. Si chaque semaine on court les rues pour faire du dessin d'après nature et qu'on tombe une toile par semaine, on n'aura plus de temps pour s'interroger sur le pourquoi du comment. Il n'y a que ça qui compte. Comparer son dessin du jour au dessin de la veille et noter dans son agenda le petit programme de la semaine : du dessin, une peinture, quelques histoires. On ne peut pas être malheureux si l'on se fixe cette discipline car alors « Je suis triste » peut devenir le sujet d'un dessin ou d'une peinture ou d'un récit et un personnage ne peut rester très longtemps en état de « Je suis triste ». Bien entendu les neuf dixièmes de mes élèves racontent des histoires de personnages qui ont la rage ou qui se pendent et se massacrent. Mais les tueries de papier n'ont guère de conséquences et la morbidité devient autre chose lorsqu'on l'envoie en terrain imaginaire.

Ma fille refuse de se lever car il y a une prof qu'elle n'aime pas. Je lui propose de demander à la direction de son école qu'on la dispense des cours liés à l'animation, puisqu'elle ne veut pas faire de dessin animé. On va se concentrer sur le dessin d'après nature, le story-board, les ateliers d'écriture, le *character design*. Et les heures gagnées lui serviront, à la maison ou ailleurs, à travailler sur ses projets personnels. Elle invente des personnages incroyables. L'une de ses créatures est un magicien qui a la lèpre et s'arrache des bouts de peau à chaque acte magique. Il est entouré de corbeaux. Non parce que ces volatiles ont de l'affection pour lui, mais parce qu'ils bouffent les plaies. C'est bizarre. Elle a inventé ce personnage sans me le dire. Et moi, de mon côté, j'ai inventé un magicien qui s'appelle Give Away et qui ne peut pratiquer son art que lorsqu'il s'arrache des bouts d'organes ou de muscles, si bien que l'un de ses avant-bras est complètement dépourvu de chair et que son humérus et son radius ne sont mus par rien d'autre que les muscles imaginaires créés par la force mentale du magicien. On ne s'est pas copiés. On ne s'est pas concertés.

J'aime bien me dire qu'un substrat irrationnel irrigue les lieux d'invention d'une famille et traverse les générations, chacun croit trouver mais il ne fait que rouvrir des coffres que la lignée se trimballe depuis l'âge des cavernes. J'aimerais bien que dans les grottes de Terra Amata il y ait eu une ancêtre de ma fille qui racontait à sa horde l'histoire d'un magicien lépreux qui attire les corbeaux.

Aujourd'hui, comme je l'ai dit, ils sont plus civilisés qu'avant, les élèves de mon école. Le règlement a changé, ainsi que les modalités d'examen. Les Beaux-Arts sont devenus comme une université, on y passe des UV, des évaluations. Mon élève qui a du chagrin ne sait pas qu'à l'époque où j'y étudiais, c'était encore plus libre. On ne parlait pas de classe préparatoire en ce temps-là, et il n'était pas nécessaire d'avoir le baccalauréat pour entrer à l'ENSBA. Dans nos ateliers on croisait vraiment des dingues. Ceux dont la famille ne savait pas quoi faire. Tous les autres allaient à Sciences Po ou HEC pour faire de grandes choses. Notre école héritait des barons perchés. Violents. Ceux qui fichaient le feu à la cuisine quand ils cuisaient un rôti. Qui ne se changeaient jamais. On trouvait aussi des fils et petits-fils de grands artistes. Le bleu de travail avait encore cours. C'était la chasse aux figuratifs, on tirait à vue lorsqu'on en voyait un – j'en faisais partie, de ce gibier qui se faisait insulter dès qu'il avait foi en la figure humaine. Nous, les petits daims qui aimions plus que tout dessiner un visage, on répondait par l'orgueil et la provocation. On était vraiment ultra-minoritaires. C'est inimaginable aujourd'hui. En 2018, tous les élèves de l'ENSBA savent dessiner. Même si le cœur de leur travail se résout en installations et projets abstraits ou intellectuels, chacun reconnaît la puissance du dessin et son intérêt inestimable lorsqu'il est question de formaliser une idée et de la transformer en une œuvre incarnée.

# 19

Lorsque j'étais étudiant, ceux qui dessinaient se réfugiaient au département de morphologie, autour de Jean-François Debord et de ses assistants, Comar et Fontaine. On allait aussi peindre chez M. Caron. Nous étions certains d'être une espèce en voie de disparition. Beaucoup d'entre nous étaient convaincus que le dessin ne survivrait pas au départ à la retraite de Jean-François Debord. Comme j'ai aimé cet homme qui a juste inventé une science ! Le jour où Debord a décidé qu'on ne parlerait plus de « dessin anatomique » mais de « morphologie », il a décrété la recherche de lois non écrites qui feraient sens pour synthétiser les formes du vivant, de l'inerte et du construit.

On s'aperçoit des règles de continuité entre une branche, une feuille et l'oiseau qui s'y pose. Je fais le malin ? Non, c'est du mille pour cent réel. Si tu crois que le tendon, le muscle et l'os ne se dessinent pas d'un même mouvement, tu es encore en terre anatomique et tes dessins sentiront l'huile de coude et le raide toute ta vie. Le jour où ça se déclenche, tu ne te demanderas plus jamais par quel morceau tu dois commencer un dessin, pas plus que tu ne feras la différence entre le squelette et l'enveloppe générale. Oui, c'est un savoir et si on ne le transmet pas, c'est une catastrophe.

Coup de bol, non seulement ça a survécu mais ça se développe. La morphologie est entrée dans l'ordre des choses. Les élèves l'apprennent sans s'imaginer un monde où cela n'existait pas. Avant, ça ressemblait à quoi ? Aux photos de Duchenne de Boulogne. Un génie, lui aussi. Il prenait des fous – enfin, des gens qui pour une raison ou pour une autre avaient soit le visage inerte, soit un masque de nervosité sur la gueule, l'endroit où l'homme se détraque, quand ça crie sans faire exprès, lorsqu'une face ne ressemble plus à rien tant elle est mutique ou tempétueuse – et grâce à l'électricité, Duchenne faisait bouger indépendamment chaque muscle. Il prenait un paralysé et lui collait du courant électrique dans la joue et hop, un sourire. Parfois je trouve les comédiens de stand-up aussi cons que ça. Ils te sortent une vanne de merde et toute la salle rigole. Un jour, on va réussir à prouver que c'est du courant électrique. Je ne veux pas dire de noms, ce n'est pas poli, mais je crois qu'ils font comme ça. Ils t'envoient un coup de jus et sans faire exprès tu te marres, après quoi ta tête redevient aussi morte que d'habitude. C'est utile, remarque : les comiques qui te font marrer sans rien derrière te font passer deux heures sans que tu penses à autre chose. On dit merci. Duchenne de Boulogne aussi c'est nécessaire, ça aide à distinguer chaque muscle. C'est très important, aussi bien pour le chirurgien, le dessinateur que le boucher.

Debord nous répétait tout le temps que si on savait découper un poulet on savait dessiner. Sauf que lui, en plus de ce présupposé analytique, il nous offrait les solutions pour l'envol. Il nous ordonnait d'oublier. Il répétait que quiconque saurait tout sur l'anatomie produirait un dessin loupé. Il fallait que chacun se construise assez pour que ses figures soient cohérentes mécaniquement et dans l'espace, mais pas trop. Créer sa voix c'est oublier, choisir ce qui suffit pour que ça tienne debout. Je crois que c'est une religion et qu'ensuite on a ça en tête en permanence. On apprend à la fois la crudité et la délicatesse chez un maître comme ça. Si j'étais licencieux, je dirais qu'un tel maître nous apprend à faire l'amour. Quels gestes on fait ? Chez les rabbins il paraît que le disciple doit se planquer sous le lit de son maître pour bien écouter comment il faut s'y prendre. Oh, Debord ne serait pas content que je dise ça car il est extrêmement courtois et il n'aborde pas ces sujets avec la vulgarité dont je me délecte. Qu'est-ce qu'une religion sinon un ensemble de règles pour embrasser l'existence ? On a un maître – ça n'a rien à voir avec un professeur, c'est une personne dont même les défauts nous galvanisent – et on l'écoute, on le copie ; plus important, on le trahit. Il nous hait, il nous absout, on a grandi, on s'en fout, c'est triste. Debord me disait : « Vous retournerez vos tableaux contre le mur avant de partir », ou bien : « C'est atroce ». Il était dur, mais j'aimais bien. Je n'ai jamais pleuré. Pourtant je n'avais pas particulièrement le cuir solide. Pas plus que mes élèves. Qu'est-ce qui a changé ? Je suis arrivé dans cette École des beaux-arts sans en revenir que mon père m'ait laissé m'y inscrire.

Et j'ai dessiné et peint tout le temps en donnant la priorité à mes projets personnels, puis en campant aux cours de Debord en recopiant chaque syllabe qu'il prononçait. Est-ce que je dois mettre ça dans ce livre, les centaines de pages de carnets de morphologie que je remplissais à l'époque ? Mes élèves auraient de vraies raisons de se moquer de moi.

# 20

Il y a une quinzaine d'années, alors que j'étais déjà professionnel, j'ai remarqué une fille dans un magasin. Elle portait des bas résille – je précise que ce n'est pas trop mon truc. Moi j'adore le corps, à savoir les fesses, les jambes, le ventre, regarder, dessiner, embrasser, tout ça. Je n'ai jamais très bien compris la lingerie. Ça m'excite, mais pas plus qu'une jupe ou une robe ou un pull en mohair ou un cache-cœur ou bien un foulard de soie noué façon ras du cou. Je n'aime pas plus les bas résille que les collants en nylon. Je m'en fous, en général. Elle, tout de même, ça lui allait très bien. Grande blonde fine très apprêtée et qui tangue en marchant. On ne sait pas pourquoi, alors qu'on est dans un supermarché. On dirait le *Titanic* qui bringuebale au gré des vagues et qu'elle, la pauvre, est contrainte de rouler du cul pour maintenir l'équilibre de tout le vaisseau. Je regarde mais pas trop. Zut, elle a vu que je regardais. Je rougis dans la mesure où mon teint de moricaud le permet. Elle fait un grand sourire et marche vers moi. Je ne suis absolument pas connu à l'époque. Il n'y a absolument aucune raison qu'une très jolie fille traverse le rayon petits pois-haricots pour venir me faire une déclaration intéressante. Je me retourne, on ne sait jamais, il y a peut-être un vrai beau mec derrière ou bien par exemple un guitariste. Non, c'est pour moi. Elle se plante très près de moi. Je ne tends pas la main. Je suis particulièrement empoté dans ce genre de circonstance. Je ne me rappelle plus si je pouvais me protéger avec mon Caddie. Toujours est-il qu'elle sentait très bon, qu'elle m'a fait la bise près d'une oreille et près de l'autre, après quoi elle m'a demandé comment j'allais. J'ai répondu que j'allais vers le rayon des surgelés afin d'acheter des pommes dauphine, puisque mes capacités culinaires se limitaient à cela. Elle a ri et m'a dit que je n'étais pas facile aux Beaux-Arts. Puis elle m'a demandé si je me souvenais d'elle. Le temps que je trouve un mensonge, elle a froncé les sourcils. Puis elle s'est marrée. C'est comme les bébés, certaines nanas te font cinquante expressions à la seconde, toi, de l'autre côté du regard, tu n'as pas le temps de suivre, tu bandes, tu pleures, tu transpires, bien content si t'as pas juté dans ton bénard avant d'arriver chez Findus. Je m'en fous des pieds, je m'en fous des chaussures à talons, je m'en tamponne des bas résille, mais un pied dans un bas résille qui glisse dans une godasse à chaque pas, oui, tu vois la glissade. Et des talons carrés et une robe lamée. Qui porte ça pour aller à Carrefour ? Et le vent du système d'aération qui m'apporte et son parfum et ses mèches de cheveux dorés bouclés et un peu des odeurs pornographiques du rayon côtelettes d'agneau. Comment ça, je n'étais pas facile aux Beaux-Arts ? Je sais très bien que j'étais en couple et fidèle et tout ce que tu veux, mais s'il y avait eu cette blonde aux Beaux-Arts quand j'y étais, je m'en serais souvenu, je l'aurais dessinée.

Ça sert à ça, le dessin, à dire : « Je suis désolé, ma fiancée ne veut pas que je mette les mains sur vos fesses mais par courtoisie je veux bien les dessiner. Oui. Attends. Caresse-toi un peu pendant que je dessine, techniquement ce n'est pas tromper, c'est du boulot. » Ou, mieux, elle m'aurait dessiné moi ! « Excuse-moi, je sais que je suis une blonde sublime vaguement germanique mais j'ai une passion pour les Sémites en surpoids, surtout s'ils ont des gros genoux. Tu as des gros genoux ? Fais voir ! Oh c'est beau, on dirait des tubercules et figure-toi que j'adore ça, les pommes de terre. Fiche-toi à poil, je vais te dessiner, ta fiancée ne dira rien. » Je lui explique à quel point je regrette de ne me souvenir d'aucun événement de ce genre. « C'est exactement ce que je voulais dire, précise-t-elle. Pour te parler, à l'époque, c'était coton. » Alors elle me décrit un étudiant plein de peinture qui venait à l'école avec un et parfois deux chats sur l'épaule et qui dessinait des monstres. Et qui n'adressait la parole qu'aux deux ou trois étudiants férus de morphologie. Une sorte de secte qui ne voyait que les modèles nus et les squelettes. Elle me dit que je regardais davantage les modèles cacochymes qui étaient sur l'estrade, hommes ou femmes, et que je n'avais pas un regard pour les filles. Et elle veut savoir si je le faisais exprès. Quand nous étions dans le supermarché, je me suis demandé si elle n'était pas en train de me draguer. J'étais alors avec Sandrina, nous n'avions pas encore d'enfant, j'étais très fidèle, mais tout de même je ne sais pas. Je crois que si cette fille m'avait proposé qu'on fasse un peu nos courses ensemble, je n'aurais pas dit non. Elle me demande si je me souviens de m'être fait virer de l'atelier de M. Caron, et du jour où j'ai apporté mon chat dans la galerie de morphologie pour qu'on le prenne en photo. Elle me dit qu'à l'époque elle aurait voulu qu'on se connaisse mieux. Elle me dit que j'étais toujours dans mes monstres. Son mari arrive et ils partent tous les deux payer leurs commissions. Moi je la regarde qui marche de dos. Ça lui va très bien, le dos. Je sors un carnet et je la dessine.

Je me souviens très bien de la fois où M. Debord a photographié un de mes chats abyssins. Mon professeur m'attendait au fond de son bureau. Il trônait au milieu de squelettes divers et de boîtes de diapositives. La galerie de morphologie est très longue et sombre, elle se trouve en étage, au-dessus de ce petit amphithéâtre classé aux Monuments historiques et qui fait tant peur aux étudiants puisqu'il faut y réaliser, grandeur nature et à la craie, des structures morphologiques de modèles vivants. Ils effectuent des poses brèves et les élèves transpirent. Moi j'ai toujours mieux aimé dessiner les élèves qui galèrent plutôt que les modèles.

C'est tout de même un monde que je n'aie aucun souvenir de la blonde en bas résille. Et c'est très sexiste de résumer quelqu'un à sa lingerie.

Je décrète une ère nouvelle où chaque être humain sera considéré uniquement pour ses goûts, sa complexité, sa façon de se déterminer politiquement et ses penchants littéraires. Ha ! Ha !

On veut encore avoir le droit de s'exclamer à propos d'une silhouette sans rien savoir de qui vit à l'intérieur. Où a-t-on inventé que la révolution se fera en haïssant les formes ? Citoyen, tu n'as pas peur qu'à force d'envoyer l'humain sur la planète Pur Esprit, on perde le dessin ?

Tu vois, ça t'attire. Et c'est seulement pendant le temps du dessin que tu quittes l'objectivation. Tourne ta langue tant que tu veux de peur de dire un mot de travers, moi je dessine. Je pense à ses fesses. C'est tout de même formidable qu'on se souvienne d'une fille qui marchait dans Carrefour il y a quinze ans et qu'on soit encore en train de faire du jus de neurones vingt-cinq ans après ses études à se demander comment on a pu faire pour ne pas la remarquer. « J'étais habillée pareil, pourtant. » Tu crois que je ne lui ai pas demandé ? Évidemment que si. « J'étais habillée pareil et tu me voyais pas. »

Et je me rappelle le moment où j'ai enlevé son harnais à mon chat qui a sauté en haut des étagères de M. Debord. Il s'appelait Soliman et il s'est promené ce soir-là entre des cages thoraciques et des pattes momifiées de chats beaucoup plus gros. Je crois que Debord adorait ça. Il aimait qu'on soit humble face au plus simple des modèles. Une passion : les canards. Pas si simples. À cuire, j'en suis certain, car ça durcit facilement. Mais à dessiner, pas mieux. À cause des aplombs, pardi. Un canard, ça roule du cul comme tout un chacun, comme la Vénus du supermarché, mais en plus parfois ça se résout à l'immobilité. Et ça tient presque toute la vie sur une patte sans jamais se viander malgré son gros boulard. On aime les canards dès qu'on s'intéresse aux êtres qui tiennent debout.

Debord avait photographié Soliman. Puis des années durant il a utilisé ces images en fin de cours lorsqu'il était question du lion. Ils le savent, les modèles vivants, qu'on regrette de ne pas pouvoir leur ouvrir le corps ? Tout le travail morphologique consiste à raconter aux étudiants ce qui se passe à l'intérieur. Je ne parle pas des idées et des goûts, je suis dans la machine, les articulations. Pourquoi ça change de couleur quand on en arrive aux apophyses, comment bouge un cartilage et tu fais quoi si tu n'es même pas capable de voir les différences entre la machine du chat, celle du singe et la mécanique bovine ? Comment tu peux inventer une chaise si tu n'as pas la moindre idée de la façon dont les muscles s'entortillent autour de l'os ? À quel endroit on met son cul ? Ce n'est pas une question intime, c'est de la physique cosmique. On se trouve face à des cônes et des tubes tirés par diverses forces et qui seront tantôt immobiles, tantôt en mouvement. Ils sont recouverts d'épiderme et de poils et de fluides. Des rayonnages de nerfs et des veines. Tout ça fabrique un sac humain qui marche dans Carrefour, qui sort son crayon et qui dessine les filles, en se plaignant que personne ne le choisisse lui comme sujet d'étude.

Elle se rappelait qu'on m'avait viré de l'atelier de Caron. Parce que j'avais lu que Soutine s'était fait livrer un bœuf équarri. Soutine voulait faire comme Rembrandt et peindre son bœuf écorché. Il se l'était fait apporter dans son appartement, cinquième sans ascenseur, petit pourboire, merci de penser aux garçons bouchers, la vie ce n'est pas rigolo tous les jours. Il mettait des linges trempés d'eau pour que ça ne pourrisse pas trop vite. Puis chaque jour, au lieu de s'emmerder avec un modèle vivant, il faisait le portrait d'une vache morte écartelée sur un cadre de bois. Le bœuf écorché de Soutine, ça fait vraiment immense vagin peint par un garçon qui a un peu peur des chattes. Moi j'aime bien qu'un artiste ait ce niveau de sincérité. Modigliani se foutait tout le temps de Soutine qui avait du mal à séduire. Un jour, il en a eu marre, Soutine, et il a filé sur la Côte d'Azur se faire héberger par des riches, pour peindre du vent à la place de la viande. Si on a bien écouté M. Debord, on sait peindre le vent. C'est exactement comme les muscles du bœuf. Non, ce n'est pas Debord, c'est Michaux qui dit ça, au sujet de l'air qu'on respire et de l'incapacité à savoir la limite d'un corps. Tu ne peux pas décréter d'un côté que des alvéoles pulmonaires c'est de l'humain et de l'autre que tu es déjà en format paysage. Tout cela s'interpénètre et en tant que peintre, tu dois pouvoir tout faire. Et j'imagine qu'il y a moins de mouches dans le haut de Cagnes. Soutine parti en vacances, le bœuf pue, on fait intervenir les pompiers car les voisins n'ont pas à subir ça. Voilà ce qui arrive quand on accepte des artistes en copropriété.

Je savais par cœur cette histoire. Je n'ai pas fait exprès de la reproduire en plus minable dans l'atelier de M. Caron. Je voulais faire un petit chaperon rouge dépiauté. Avec mon argent d'étudiant, j'ai acheté un mouton chez le boucher et je l'ai porté tout seul jusqu'à l'atelier de Caron. Je l'ai fait tenir sur une structure en bois, je lui ai mis une robe et un chapeau, puis entre les séances de pose, je laissais la carcasse sous un linge mouillé. Ce mouton avait encore ses yeux et un sang bien rouge. Plus de peau, plus de poils, je ne me souviens pas s'il y avait les pattes postérieures. Je faisais son portrait tous les jours. Il était plus cool que de nombreux modèles car il ne bougeait pas. Et bien entendu on pouvait voir à l'intérieur. Je crois que c'est exactement pour cette raison-là que M. Debord a fait brûler le matériel d'autopsie et qu'il ne voulait plus entendre parler de ces étudiants qui ont besoin de voir ou de mettre les points sur les i. Si une fille te dit qu'elle te connaît des Beaux-Arts, ça ne sert à rien de creuser dans ta mémoire, tu la crois et c'est tout. Quand ton professeur de morphologie t'explique où sont les insertions musculaires et qu'il parvient à le faire même à partir d'un modèle qui porte une parka d'hiver, ça ne te servira à RIEN d'aller soustraire un petit mouton aux mastications d'une famille parisienne pour vérifier si on t'a menti ou pas au sujet de ce qui se passe dans le ventre de l'horloge du vivant.

Je ne suis pas responsable de la fin désastreuse de cette expérience. La grippe, ça n'a rien à voir avec des théories niaiseuses de psychanalyse. « Genoux », ce n'est pas « je » et « nous ». C'est juste : « Je me suis viandé la gueule comme un con sur la barrière du chien. » Et « J'ai eu la grippe », ça ne signifie pas non plus : « J'ai fait exprès inconsciemment d'oublier la carcasse de mouton pour imiter Soutine. » Ils n'étaient pas contents, mes condisciples. Lorsque je suis revenu, après dix jours à quarante de fièvre, le massier m'a très mal reçu. Je l'ai dit plus haut, le massier est aux Beaux-Arts l'équivalent d'un délégué de classe sauf qu'à l'époque il avait un pouvoir exorbitant, notamment celui de décider où tu as le droit de mettre ton chevalet et si tu dois te casser de l'atelier. C'était ma sentence. Pardon, j'ai pas fait exprès. J'ai eu beaucoup de remords au moment où il m'a dit : « T'es complètement con ! Ça puait terriblement ! On a mis trois jours à deviner que ça venait de ton truc. On a soulevé le drap et c'était entièrement recouvert de vermisseaux. » Je lui ai demandé s'il parlait de toute la surface du mouton y compris l'œil. Il a mal pris ma question et m'a dit de filer. Mes affaires avaient été en partie jetées à la poubelle et en partie foutues hors de l'atelier contre un mur. Le mouton n'était plus là. J'étais vraiment navré de n'avoir pas vu le mouton recouvert de vermine. Je conçois que mes aspirations artistiques s'arrêtent là où commence le confort des autres. C'est comme ça. Je l'ai beaucoup imaginé depuis, ce mouton réanimé. Finalement la différence entre l'anatomie et la morphologie, c'est ça : l'anatomiste en reste aux moutons dépiautés tandis que le morphologiste tombe amoureux du vent qui pousse les maisons de Cagnes pour se faire un passage. Certaines personnes sont assez élégantes pour avoir dès le début de leur pratique l'intuition du vent. Moi j'ai toujours eu besoin de commencer par décortiquer.

Je ne regrette pas d'avoir pratiqué des autopsies et d'être allé pour des motifs non alimentaires si souvent chez le poissonnier et chez le boucher. Il a fallu que j'en voie assez pour aspirer à mieux. Je n'ai jamais gravi les étages facilement. C'est comme si je recousais mes souvenirs du modèle dont je rêve. Je pars de la certitude de la mort. Je sais que c'est dans la tombe et probablement déjà réduit en poussière. Je prends des morceaux de ce qui reste et je me force à ne pas vomir. J'essaie de trouver quelque chose qui donne chaud, qui fait sens. Il faut chercher énormément. C'est après être franchement déçu par la viande de boucherie qu'on s'aperçoit que Debord avait raison. Ça ne nous regarde plus quand c'est mort. Un cours de modèle mort n'enseignerait finalement pas grand-chose. Tant mieux.

## 21

À quoi ça rime de danser le tango, dans le même récit, entre les violences subies par les femmes et le jeu du modèle vivant ? Je crois que c'est le même sujet. On a eu deux mille ans de peintres hommes et de modèles femmes. On se révolte contre cela de façon légitime mais ridicule, en tentant de censurer les œuvres du passé ou en protestant comme ces plasticiennes américaines qui ont mis une tête de gorille sur un nu féminin pour dire leur colère. Mon camarade Donald a passé toute sa vie à faire poser des filles pour ses bandes dessinées. Puis un jour il a rencontré une amoureuse qui s'est mise à le dessiner lui. Alors il a posé ses crayons et a déclaré : « Je n'ai plus besoin de dessiner, je suis enfin devenu ce que je souhaitais : le personnage. »

Je crois que ce sujet est brûlant car le moment où l'on décide comment se peindre décrit notre façon de vivre. On en sort, n'est-ce pas, du monde où c'était la femme le modèle et l'homme le peintre. Trop doucement peut-être mais on en sort. Qu'est-ce qu'on va faire de ces choses qu'en morphologie on nomme les « caractères sexuels secondaires », à savoir ce qui n'est ni une verge ni une vulve mais qui de façon organique et indiscutable fait la différence entre homme et femme ? Ça s'est estompé parce que le rôle de chacun a changé depuis un siècle, mais le bassin féminin reste antéversé et le bras des femmes comporte toujours un recurvatum et les orbites d'un crâne restent différentes, selon qu'on examine un homme ou une femme. Oui, ça a changé. Comme la femme court autant que l'homme aujourd'hui, l'anatomie féminine ne ressemble plus à celle d'il y a cent ans. Mais ce qui reste me passionne. Quoi qu'on en dise, on ne marche pas de la même façon, pour toutes les raisons évoquées plus haut : la crête de notre bassin n'a pas la même forme selon qu'on est un homme ou une femme et cela a une influence immédiate sur l'angle où se mettent nos bras quand on les pose le long du corps. Cela change jusqu'à notre démarche, dans la mesure où, à cause de cette différence de bassin, les fémurs des hommes descendent parallèles l'un à l'autre tandis que chez la femme, c'est large au niveau des trochanters et ça se rejoint vers les genoux. Je le dis de façon trop technique. En résumé ça donne ceci : malgré l'évolution de notre société, les femmes continuent de se mouvoir en ellipses et en courbes alors que les hommes font tout en lignes et en angles. Il y a du rond et du droit. Ce n'est pas un jugement de valeur, c'est la nature.

Comment offrir à chacun les mêmes opportunités sans devenir aveugle aux réalités anatomiques ? Ces questions n'ont aucune importance pour quiconque ne dessine pas. Celui qui n'est pas obligé de coucher sur le papier nuit et jour des images de personnages mâles et femelles peut déclarer sans que ça lui complique la vie que nous sommes absolument semblables, quel que soit notre genre de naissance. Celui qui dessine est beaucoup plus embêté.

Politiquement, je veux tout pour tout le monde. Je veux que le genre ne soit qu'un petit interrupteur sur rouge ou vert si on le souhaite. On le cassera rageusement ou on posera dessus du scotch pour panser ses blessures ou encore on le dissimulera au fond d'une penderie en jurant qu'il n'a aucune importance.

Reste qu'un bassin c'est un bassin. On peut se bourrer d'hormones, le bassin ne changera pas. Un homme qui souhaite marcher comme une femme n'y parviendra qu'au prix d'un effort intellectuel, pour la désolante raison que ses fémurs n'entrent pas dans son bassin selon le même angle. Je ne crois pas qu'on avance en dessin en réfutant ces différences. Ce savoir est politiquement insupportable. Si un homme change de sexe, s'il prend des hormones pendant des années, s'il change ses papiers d'identité, s'il devient Miss Monde et même s'il parvient à porter des enfants, à les élever et à être heureux, il gardera tout de même un bassin d'homme avec l'angle des bras et des jambes que ça implique et qui change sa démarche. Et comme le cul n'est rien d'autre qu'un bassin recouvert de muscles et de gras et de chair, un homme peut faire ce qu'il veut, il aura toujours un cul d'homme. Cela signifie que les graisses ne se déposent pas au même endroit du cul, des cuisses ou du ventre selon que vous êtes né homme ou femme. On ne sortira de ce casse-tête qu'en décorrélant le corps politique du corps-chose anatomique. Si l'on continue de confondre les deux, on va rendre fous tous les dessinateurs car quiconque dessine sait très bien que le genre est inscrit dans le squelette et que ni les hormones ni la chirurgie n'y changeront rien.

Je voudrais vivre dans un monde où chacun pourrait décréter qu'il est un homme ou une femme sans se sentir obligé de se battre contre la réalité de son squelette. Ou bien il faut imaginer dans un futur étrange des manipulations prénatales qui permettraient de mettre au monde de parfaits hermaphrodites (ce qui laisse présager beaucoup de joie) ou sinon des humains asexués (et il m'arrive de me demander si ce n'est pas le projet de certains). Je ne défends ni ceux qui veulent du genre ni ceux qui le réfutent, je suis dans le camp du squelette et des malheureux qui consacrent leur vie à le dessiner.

Ce qui se remarque fait débat. Toute évocation des réalités corporelles des uns ou des autres, qu'elles relèvent du sexe ou de l'âge ou de l'ethnie ou de l'extraction sociale, devient problématique. Je ne peux dessiner que des Juifs au petit nez, des Noirs aux lèvres fines, des Asiatiques aux grands yeux ronds, des Américains minces et des Français de bonne humeur. Si l'on dessine, on ne peut pas jouer ainsi à gommer les différences. La seule solution est amoureuse. Il faut dessiner chacun en voyant de quoi il est fait et en ayant le cœur pur. C'est très difficile. Car on va provoquer et le rire et la connivence chez le spectateur dès lors qu'il aura reconnu dans nos modèles des spécimens d'humains qu'il croise tous les jours. On ne peut pas oublier que la caricature ethnique ou sexuelle a été l'auxiliaire de tant de régimes totalitaires. Bien entendu, si je suis blanc, je prends une certaine responsabilité politique lorsque je dessine un Noir, ou une femme si je suis un homme, ou un Parisien si je suis Niçois. Mais je refuse de les traiter tous au papier de verre en polissant leurs aspérités.

J'ai travaillé pour Bayard et Fleurus « les journaux cathos qu'on aime bien car ils sont de gauche ». Je leur dois quand même des années de soupe, ils étaient gentils, ils ont nourri toute ma génération de dessinateurs. Il n'empêche qu'à un moment ils ont tenté de faire un mensuel pour l'Afrique, je veux dire distribué dans les pays africains. Ils ont confié les illustrations et les BD de ce journal aux mêmes dessinateurs que d'habitude. Moralité, on a eu droit à des familles de petits cathos du 16ᵉ arrondissement avec leur loden, leur petit toutou et le square où ils vont jouer le midi, sauf qu'on leur avait fait la peau noire. Avec la meilleure bonne conscience du monde, ces journaux venaient d'inventer un truc encore plus raciste que Tintin : un Tintin noir. Je crois que lorsque les jeux vidéo ont fabriqué *Tomb Raider*, ce fut la même chose. La femme était enfin le héros mais il fallait qu'elle porte deux flingues, qu'elle ait des gros muscles et qu'elle tire partout. Je ne dis pas qu'une femme n'a pas le droit de massacrer autant de gens qu'un homme, mais j'aimerais qu'elle le fasse à sa façon. Je vais où avec ça ? Je me dirige comme je peux vers cette idée de bienveillance, de rire ensemble, vraiment, je souhaite des choses aussi niaises que ça ? Oui.

Le seul moyen de s'en sortir, c'est de vraiment dessiner ce qu'on voit, mais de le faire avec assez d'empathie pour que le modèle et le public acceptent et comprennent où on veut en venir. J'adore l'idée queer. On a sous-jacents à la pensée queer le rêve d'une mutation, d'un dépassement des conflits et parfois l'utopie d'une fusion entre l'artiste et le modèle. Il se construit sa femme de rêve en jouant sur son propre corps. Je crois que c'est ce qui m'arrive quand je peins une femme. Mais je suis contre les mauvais dessins queer. Quand on dessine un homme habillé en femme, ou un homme qui a changé de sexe et pris des hormones pendant des années, on croit lui faire plaisir en gommant encore davantage les caractères sexuels secondaires qui lui restent. Je crois que c'est aussi con que lorsque Bayard Presse dessinait des petits-bourgeois du 16e arrondissement tout noirs en s'imaginant que la jeunesse africaine allait se reconnaître dans ces œuvres qui ne servaient à rien, puisqu'elles avaient oublié de regarder le monde. Dessiner queer, c'est tout voir et tout dire : l'envie de féminité, le boulet du corps de naissance, les tentatives vestimentaires et hormonales d'en sortir, puis le fatum indépassable que constitue le squelette qui quoi qu'on change induira toujours une marche et une gestuelle particulières.

Dessiner avec amour, c'est ne rien masquer du modèle. Un jour, Jean-François Debord décrivait de façon si juste la morphologie d'un modèle que ce dernier a éclaté en sanglots. Parce que le corps raconte plein de secrets. Debord parlait de ce creux au milieu du thorax. Le modèle était nu sur l'estrade. C'était une femme d'une trentaine d'années particulièrement joyeuse. On lui avait demandé de rire et elle avait produit ce faux rire expectorant qui sert à montrer aux élèves les mouvements thoraciques. Pas un rire de comédien. Rien de vrai. Un rire pour rendre service. Debord avait noté le creux dans le sternum et il avait expliqué que jadis on disait que c'était le signe de très gros chagrins d'enfance, voire de maltraitance. Alors le modèle avait pleuré.

Un dessinateur ne doit masquer ni les plaies ni les bosses. Je ne fais pas un petit nez aux Juifs que je dessine. Je me borne à les aimer même si leur tarbouif cache le soleil.

## 22

J'ai peur de dessiner des femmes, parce que j'ai peur qu'elles disparaissent. Il m'a fallu trouver un enseignement plus fort que la Bible, qui rende le dessin licite. Si le dessin reste interdit dans un coin de ma tête, c'est parce que j'ai peur de causer la mort de mon modèle en faisant son portrait.

L'un des seuls souvenirs que j'aie de ma mère, c'est une couverture rouge pleine d'animaux ronds et blancs. Je les trouvais tristes, ces bestioles, et je les avais coloriées au feutre. J'avais aussi colorié les touches en ivoire du petit Pleyel de ma grand-mère mais c'est une autre histoire. J'étais un colorieur. Je me rappelle ma maman pliée en deux au-dessus de la baignoire, elle pleurait. Je ne sais pas si c'étaient des larmes sincères ou si elles avaient pour but de m'expliquer à quel point c'était dur de nettoyer mes couleurs. Elle y allait à grande eau, sur cette couverture d'enfant. Son corps n'était pas vraiment fabriqué pour les travaux ménagers, c'était une Mademoiselle Âge tendre aux attaches fines, aux grands cils et dont le visage s'empourprait facilement.

Je me souviens aussi qu'elle avait pleuré lors de mon premier jour de maternelle. Pour que les gosses ne gueulent plus après les parents qui les abandonnaient là, les maîtresses avaient fermé les volets de bois de l'école. Ça la fout mal de ne se souvenir que des larmes de ma maman, je suis vraiment ingrat.

Je ne me souviens pas de ma grand-mère paternelle en larmes. Elle se marrait sans cesse. Lorsqu'elle racontait une blague, elle explosait de rire avant la fin et il fallait inventer la chute car elle ne retrouvait jamais son souffle. Je crois que pour le coup des touches de piano elle avait rigolé aussi. C'étaient les mêmes feutres. Ma grand-mère avait des pieds de vieille dame, à part ça elle était extrêmement belle. Quand elle était enfant, on la traitait à coups de fer à repasser, on lui brûlait son unique poupée. Son père avait pris feu lors du nettoyage de la Pâque et son mari était mort à cause d'une chute en gymnastique. Elle avait perdu trois de ses cinq enfants. Et chaque matin, avant de sortir de son lit (je le sais car je jouais par terre), elle laissait ses pieds en lévitation au-dessus de ses mules dorées et là elle gémissait : « Ah, maman. » Je trouvais bizarre qu'une dame aussi vieille se rappelle sa maman qui était pourtant morte dans son enfance. Je me disais que moi non plus je n'arriverais jamais à me débarrasser de mon deuil. Un jour, elle avait interrompu mes dessins animés parce qu'il y avait la signature de la paix entre les Juifs et les Arabes, c'est dire si malgré tout ce qu'elle avait vécu il lui restait de l'espoir, à ma grand-mère. Je me rappelle ce jour où elle m'avait fait louper *Scooby-Doo* et *Hong Kong Fu Fu* et sans doute *Capitaine Caverne* pour voir

Anouar el-Sadate signer un papier avec Men
Begin. À l'époque, je savais déjà que ça ne valait
coup d'interrompre les programmes pour la jeunesse.

On n'a pas le droit de mettre sur une tombe juive la photo du défunt car on le figerait dans un moment de sa vie et cela abîmerait la mémoire qu'on veut avoir de lui. Ils sont pénibles, les Juifs, à se méfier des images. Je n'ai jamais dessiné ma grand-mère lorsqu'elle était belle. Je me rappelle tout d'elle y compris sa voix. J'ai fait des portraits d'elle au moment de son agonie car le trou à la place de sa bouche, c'était trop. Le dessin, c'était pour supporter.

Jamais je n'ai tenté, non plus, de dessiner ma mère. Lorsque j'ai inventé une Liliane, dans *La Fille du professeur*, c'était parce que je n'étais pas le dessinateur. Quand un de mes personnages s'est appelé Liou, presque comme elle, Lilou, je me suis arrangé pour que ce soit une fille en bois, perdue sous des feuilles, on ne voit jamais bien qui se trouve derrière. Je ne suis pas le chat du rabbin et ni ma mère ni ma grand-mère ne sont Zlabya, mais lorsque le chat va dans les bras de sa maîtresse, c'est de cette relation qu'il est question.

Ce que je veux raconter, c'est qu'un chat ne convole pas avec une humaine, ne l'épouse pas, je dis « chat », entendez « dessinateur » ; j'évoque ce réconfort du dessin, au moment où l'on ressent la caresse de son modèle même s'il est loin, ou mort : on l'aime en son absence.

Je dessine plusieurs Zlabya. (On vient toujours me dire que ce n'est pas comme ça.) J'ai eu des Zlabya arabes et récemment une Zlabya juive. Ça n'a aucune importance, elles ont en commun la lèvre supérieure qui reste généreuse dans le sourire. La définition de Zlabya tient là-dedans : certaines personnes voient leur bouche se rétrécir lorsqu'elles sourient. C'est logique : des lèvres c'est comme une tranche de calamar frit qui en se distendant devient plus mince. Voilà où réside Dieu, dans cet épaississement de la bouche de certaines filles juives et de certaines filles arabes lorsqu'elles rient. Ça veut dire : « Mange, y en a encore. » Je ne sais pas si ma mère avait ça, pas plus que ma grand-mère. Mais Zlabya oui. J'ai vu ça pour la première fois sur une fille juive roumaine, et puis chez une Grecque, et ensuite chez une danseuse de hip-hop qui a posé pour être Zlabya dans notre dessin animé, puis chez Hafsia Herzi, chez Inès Bouchareb et récemment chez Spasme qui vient de poser pour le huitième album du *Chat du rabbin*. Je cherche quoi ? Un archétype avec des oreilles assez vivantes pour tenir une masse de cheveux. Quand tu es Zlabya, tu t'accroches la tignasse derrière les esgourdes, parce que ça ne te dérange pas d'avoir un peu d'ascendance Dumbo. Tu réussis le prodige d'en avoir dans les mollets et de garder les chevilles assez fines pour y mettre des bracelets. Et tu ris comme ma grand-mère. Comment on fait pour prendre toute cette mosaïque et en faire un seul dessin ? Je casse le miroir et j'en dessine chaque éclat. Et la Zlabya de mes pensées, je tourne autour, je vole des morceaux de vie à plein de personnes différentes, tu sais quoi, j'utilise même des morceaux de citoyens de sexe masculin, je suis vraiment le silence des agneaux, je me fais une fausse peau. J'interprète ce personnage afin qu'il ne me quitte pas et je plonge dans la confusion que procure le dessin. Tout ce qui est interdit, en somme.

Que d'années perdues à tenter de prouver qu'en terre monothéiste le dessin est licite. J'en ai fait mon mémoire de maîtrise de philosophie : « Le complexe du Golem ou le peintre juif face à la figure humaine ». Tu parles, c'est interdit, oui. La maman de Chagall prenait ses toiles, les lavait à grande eau et nettoyait le sol avec. Les fils du boucher de Minsk ont défoncé la tête de Soutine parce qu'il avait osé faire le portrait de leur papa. Il s'en foutait, Soutine, il leur a fait un procès et grâce à l'argent gagné, il s'est inscrit aux Beaux-Arts de Vilnius. Ça veut bien dire qu'un État séculaire peut vous sauver du carcan tribal. Il faut dessiner en loucedé. Va chez les barbus, il s'en trouvera toujours un pour te dire que l'image vaut moins que les mots. Menteur ! Égaré toi-même ! Dessiner c'est voir des visages vivants et en rendre compte. C'est sortir du « moi » ou de « l'autre ». À chaque observation, on mesure ce que l'on doit et au semblable et à l'accidentel puis le rire s'impose. Chaque tête prend sa place comme un fruit sur un arbre et on ne les juge plus à l'aune de leur action ou de leur moralité. On mesure leur nécessité absurde sur un globe où la seule loi, c'est être. Se mouvoir. Et prendre avec l'âge la gueule de ce qu'on préfère. Si vous aimez la rage, vous aurez une gueule d'enragé, si vous avez bon fond et souriez tout le temps, votre tête prendra le masque du rire et vous n'aurez rien à craindre de l'âge. Je parle aussi des pieds. Un jour j'ai demandé à un professeur comment on dessinait des pieds, il m'a répondu : « Exactement comme une tête. » Ça parle aussi, les pieds, mais sans

. On se retrouve comme Sherlock Holmes, à [illegible]re l'observation au plus haut, puis à en tirer des règles pour comprendre le vivant.

Ma grand-mère avait des pieds abîmés et un corps de porcelaine. Elle a eu beau passer toute sa vie à se cacher du soleil pour rester le plus blanche possible et à faire semblant de ne pas parler arabe, et à recevoir les compliments de tous les hommes qui n'étaient pas aveugles, ses pieds disaient la vérité, sur son sacrifice, sur ce que ça fait quand on est très pauvre d'élever cinq enfants. Je n'ai jamais su dessiner les pieds de ma grand-mère mais lorsque je dessine Zlabya, je pense à elle, Esther Malka.

## 23

« L'idolâtrie, c'est Johnny Hallyday. » Le rabbin disait ça quand j'avais six ans. Je n'osais pas lui demander si l'idolâtrie, c'était aussi Claude François. J'avais énormément chialé à la mort de Claude François. Parce que je n'avais pas pleuré pour la mort de maman et parce que j'avais appris qu'elle était morte deux ans après son décès, à savoir plus ou moins au moment où Claude François prouvait à la France entière qu'il valait mieux laisser le bricolage à ceux qui s'y connaissent.

Il fallait bien que mes larmes aillent quelque part, donc je les ai mises dans le monde de la représentation. Ma mère avait été une Mademoiselle Âge tendre. Elle avait fait des photos avec Claude François. Claude François était mort et c'était finalement plus facile de verser des larmes en pensant à lui. On saisit que je ne parle de rien d'autre que de ce qui se produit lorsqu'on dessine ? Je dessine pour comprendre, pour tirer des conclusions, et pour tout rendre supportable. Oui, dirait le rabbin, mais c'est de l'idolâtrie. Le propre de la foi mosaïque, c'est de postuler que Dieu érieur à tout, et donc qu'aucune tête humaine mieux que les autres. Un Juif ne doit pas être adoration devant un frère ou une sœur humains. On doit l'aimer « comme soi-même », mais se prosterner, jamais. On fait des prières pour le président de la République, mais on ne met jamais les genoux à terre devant personne. Faut-il mourir pour ça ? Non. J'aime bien ma religion parce qu'elle a le martyre en horreur. Quand les Juifs d'Espagne ont été contraints de se convertir au catholicisme et de se prosterner devant la reine Isabelle, les rabbins ont inventé des prières pour leur sauver la vie et rendre leur conversion licite. Chaque année on la fait encore, cette bénédiction. J'ai oublié les paroles, mais elles reviennent à dire que tout ça ne vaut pas le coup de se faire tuer et que même si tu as dû publiquement abjurer ta foi, tu es en vie et c'est le principal, et tes mots restent dans le domaine imparfait du sublunaire, c'est humain, quoi.

Le dessin, ce n'est pas de l'idolâtrie. Ça ne sert pas à mettre quelqu'un sur un piédestal. C'est pour comprendre comment on est fait. Il s'agit d'une science humaine. J'objective pour commencer. Je regarde la machine humaine. Puis quelque chose vient s'y mettre qu'aucun mot ne peut dire ; par beau temps, j'appelle ça « Dieu ». Inutile de se figurer que cette science du dessin n'est pas en concurrence frontale avec toutes les bibles. C'est un combat perdu. Le dessin, c'est mieux. Se civiliser, c'est refuser le tribalisme. Toute bible prône en dernière analyse le retour à la tribu. Les aspirations universalistes du sacré ont leurs limites, celles du dessin, non.

Mais voilà, les religieux m'ont attrapé tout petit et

je ne parviens pas à me soigner de cette idée que le dessin est sacrilège et qu'il peut entraîner un éloignement du réel. C'est péché chez Platon et c'est péché chez Moïse. Est-ce qu'on me punit lorsque je dessine quelqu'un ? C'est complètement con de m'imaginer que ma mère est morte parce que j'avais barbouillé une couverture. Mais ça n'est pas parce qu'une chose est débile qu'on peut si facilement se la sortir de la tête.

C'est idiot de m'imaginer qu'une fille va s'enfuir ou mourir si je la dessine ? Peut-être pas. L'autre soir à table, Louise m'a dit que je la regardais de façon bizarre et que c'était agaçant. Je n'ai rien dit. Au retour elle m'a demandé ce que j'avais, ce soir. Ce que j'avais, c'est que pendant tout le repas je l'ai dessinée. Louise demande sans cesse que je la dessine. Depuis que nous vivons ensemble, je la dessine très peu. Je parle de vrai dessin d'observation, pas d'une caricature faite avec tendresse ou pour rigoler. Je parle du moment où l'on regarde vraiment et où ce regard peut faire fuir. Je sais très bien que le Bibelot et moi ça n'a pas marché, entre autres à cause du dessin. Ça les rend folles, les filles, lorsqu'on les dessine. Je ne parviens pas vraiment à expliquer pourquoi. Elles le demandent à cor et à cri mais en définitive ça les dégoûte. Peut-être parce que au fond, elles ne s'aiment pas tant que ça. Si elles s'aperçoivent qu'on fait à ce point cas d'elles, elles nous fuient. Comme Groucho Marx qui refusait de faire partie d'un club qui accepterait de l'avoir pour membre.

Une lectrice, oui, elle va aimer ça. Elle vient faire signer son bouquin, tu fais son portrait en trois coups de pinceau, ça la fait marrer. Personne ne lui a jamais fait ça. Elle n'analyse pas ce que ça produit sur elle. À présent imaginez-vous vivre avec une personne qui vous peint et vous dessine chaque jour et qui finit par vous mettre exactement là où les anciens fichaient la Vierge Marie ou la déesse Athéna. Au bout d'un moment, ça crée une distance.

Je ne sais pas si mes mots sont forts. Parfois, quand je suis en état de dessin et que je regarde vraiment mon modèle, j'ai l'impression que ça produit un dégoût chez elle. Tout cela est faux sans doute, ce que je sais c'est que c'est tout de même dans ma tête et que j'aime tellement Louise que je m'efforce de ne pas trop la dessiner. Comme si ça pouvait la faire disparaître, ou lui faire du mal. C'est pour cela que je raconte tellement d'histoires de vampires ? Il y a vraiment un coin superstitieux de ma tête où je m'imagine qu'on vole un peu de l'âme de son modèle à chaque séance de pose ? Je ne sais pas. Je ne suis pas con à ce point. Je ne veux pas creuser. J'aime trop le dessin. Mais oui, j'ai observé ça sur des modèles aux Beaux-Arts de Paris. Quand j'y étais élève, il y avait un jeune homme très beau. Musclé, bien bâti, cheveux frisés blonds, grands yeux Javel et dégaine de mastard à la Adam de Michel-Ange. J'ai quitté l'école. Je suis devenu dessinateur professionnel. Dix ans plus tard je suis revenu aux Beaux-Arts. Les professeurs de morphologie m'autorisaient à revenir dessiner. J'en avais besoin. On ne peut pas se contenter du dessin d'imagination. Il faut, comme on plante ses crocs dans une proie, se confronter au vivant. Il était toujours là, ce garçon. Il ne ressemblait plus à un lion. C'était devenu un poisson exsangue. Ça n'avait rien à voir avec l'âge. Et il n'était pas malade. Mon professeur, en confidence, m'a dit : « Il a été trop regardé, ça l'a asséché. »

Je crois à cela. Alors je fais attention à ce que je fais avec mes crayons.

# 24

Le dessin n'est pas une violence faite aux modèles. Le dessin ne t'agresse pas sexuellement. Le regard du dessinateur te tripote beaucoup moins que celui du connard qui garde ses mains dans les poches. Parce que le dessinateur aussi se fiche à poil dès qu'il tient son crayon. Je me rappelle, quand j'étais étudiant, la révolte des modèles. C'est une histoire qui sauve le dessin.

Nous avions cette fille polonaise qui posait. Je crois qu'elle avait un piercing dans les nichons mais ce n'est pas le sujet. Elle avait tort de porter ça. Je ne discute pas ses choix de vie mais lorsque tu dessines quelqu'un qui a un tatouage ou un ornement de ce genre, tu sors du travail morphologique, tu quittes la « rose absente de tout bouquet » pour entrer dans l'anecdote de « Quand est-ce que tu t'es fait ça, Marushka ? Et est-ce que ça se tortille sous ton pull lorsque tu marches ? Et où en sont les sensations au moment d'un baiser ? ». Autant de questions dont on voudrait ne pas se préoccuper tandis qu'on galère à localiser des muscles et des os sous la graisse et la peau.

À chaque fois que je loupe un dessin, je pense à Joseph Beuys. Ses triangles de graisse sur une chaise. Je me dis que si on se rate, c'est ça qu'on fait à son modèle. On le renvoie à cette période de merde où il fallait subir Joseph Beuys. Je ne sais pas comment on a fait pour que la mayonnaise reprenne, pour qu'on parvienne à se dire que l'humain pourrait peut-être sortir du matérialisme qui commence avec les savons d'Auschwitz, qui continue sur les sièges de Beuys et qui se termine dans les musées quand un urbaniste te parle du « flux de population » et de la nécessité de « ne pas mettre trop de texte sur les cimaises sinon le public risque de passer trop de temps devant les œuvres ». Je vomis quand je pense à ça.

Je crois qu'on en sort en réussissant ses dessins. Un dessin pas raté court-circuite les facilités conceptuelles et les analogies faciles entre l'homme et les éléments chimiques qui le composent. Si l'on dessine, c'est peut-être uniquement pour sauver le visage, pour remettre une pièce dans la machine homme et continuer un peu ce projet qui consiste à marcher sur deux pieds en regardant les autres dans les yeux. Oui, c'est sacrilège. Platon et Moïse t'ordonnent de placer Dieu dans les étoiles et toi, avec ton crayon, tu traces des formes pour affirmer que non, il faut regarder en face et que s'il y a du divin, c'est sur la gueule de ton voisin, même s'il fait du tapage nocturne, même s'il ne pense pas comme toi. Et même quand il te met un coup de poing dans la gueule.

Je disais que ce n'est pas une agression de dessiner

un modèle nu, parce que s'il se trouve une seule personne qui ne dessine pas, alors le modèle se sent mal à l'aise : il s'aperçoit qu'il est nu, à savoir vulnérable.

La révolte de cette fille polonaise a eu lieu un soir où l'amphithéâtre de morphologie était plein. Et un monsieur ne dessinait pas. C'était un vieux. Je ne sais plus pourquoi il était toléré dans l'école, c'était une période où on y entrait plus facilement sans y être inscrit, et surtout en morphologie, car nos professeurs avaient l'intelligence de vouloir une école ouverte sur la ville. Le modèle s'est arrêté de poser. Elle s'est levée. Elle a montré le type du doigt. Elle gueulait à moitié en français, à moitié en polak et je n'ai pas compris tout de suite ce qu'elle voulait dire. Le monsieur non plus ne saisissait pas ce qu'on lui reprochait. Nous, on avait le nez dans nos carnets. Ceux qui étaient au tableau se contorsionnaient pour ne pas rater leur travail. Et le professeur a tout de suite compris. Il a dit que personne n'avait le droit de fiche un pied dans l'amphithéâtre pendant les poses s'il n'avait pas un crayon en main. « C'est pas grave que vous dessiniez mal, mais ici, ne pas dessiner, c'est mettre tout le monde à poil, les modèles qui ont la gentillesse de vous montrer leurs fesses malgré le froid, et aussi les étudiants, qui se mettent à nu en exposant leurs faiblesses en dessin. » J'ai pensé au « Nul n'entre ici s'il n'est géomètre » des Grecs et je me suis dit qu'on était une science, aussi sérieuse que la dialectique. Je ne sais pas si on est compatibles. J'ignore si c'est de cette géométrie-là que parlait Aristote.

Je voudrais en revenir au fantasme que j'ai sur les présocratiques, une époque de recherches intenses et de possibles, où l'on ne vous en voulait pas de choisir le dessin. Je sais bien qu'à l'époque c'étaient plutôt les dessinateurs, enfin je veux dire les idolâtres, qui brûlaient les monothéistes, donc ça ne doit pas être non plus la solution. Je voudrais d'un monde où l'on me laisse dessiner ce que je veux et où personne ne brûle personne. Mais ainsi que je le disais à ma grand-mère au moment des accords de Camp David, cela n'arrivera pas, alors inutile d'interrompre *Hong Kong Fu Fu* pour ça.

Avec Pimprenelle, on en est à négocier. Je ne comprends pas. On a enlevé son nom ainsi que tout ce qui permettrait de la reconnaître. On me demande aussi de couper les choses qu'elle m'a racontées. C'est bête car c'est à l'occasion de ces anecdotes que je me dis qu'on fait exactement le même métier, Pimprenelle et moi.

C'est compliqué de faire le portrait des gens, ils ne sont jamais contents. Je ne sais pas comment on va pouvoir continuer à regarder le réel. Notre public est de plus en plus éveillé, on ne peut plus lui vendre un faux monde. Or dans le monde plus grand-chose n'est autorisé. Tu n'as pas le droit de faire le portrait d'une marque même si cette marque envahit ta vie. Mickey Mouse occupe toute une ville française, ce n'est pas juste un copyright immatériel, c'est la cité de Marne-la-Vallée. Si tu vas là-bas, tu n'as pas le droit de prendre une photo de ce connard de Mickey et de la publier. Parce que c'est copyright. Pimprenelle, c'est comme Mickey. C'est un personnage public mais je n'ai pas le droit de faire son portrait. Même semble-t-il si je change le nom. Je n'ai pas le droit de dessiner Dieu, ni ses prophètes. Je ne dois pas rire de la couleur de peau des gens ni de leurs coutumes. Je ne dois pas rire des choix sexuels. Je ne dois surtout pas représenter le handicap si c'est pour autre chose qu'une œuvre de bienfaisance. Il faut également que je fasse très attention à la manière dont je fais le portrait d'une femme, car on pourrait déceler du désir dans mon travail. Gaffe aussi aux portraits d'homme car sans faire exprès je pourrais faire l'apologie de clichés machistes. Je ne fais pas le con. Je sais de quoi on parle. Oui, il y a une éthique derrière chaque portrait et bien entendu ça parle et ça dit où en est notre temps face aux minorités et aux particularismes. Reste que dessiner ou écrire la peur au ventre et le Code civil à portée de main ne risque pas d'améliorer le travail.

C'était un beau titre, *La Carte et le Territoire.* Il tape souvent juste, Houellebecq, même s'il m'agace. Notre problème, c'est ça : offrir un portrait ressemblant du réel sans autocensure ni filtre idéologique. Car si on regarde ailleurs que dans le vrai monde on ne fait pas notre travail. Si on ne montre pas le monde tel qu'on le perçoit, le public ne pourra pas jouer avec, il sera dans du rêve. Il restera dans l'exercice comique à la con tous les matins sur France Inter durant lequel un rigolo t'explique, comme Rousseau, qui sont les méchants et les gentils, tu seras plein de mots mais dépourvu de vision. On ne peut plus s'autoriser l'erreur, l'outrance ni la blessure. Si je dessine une femme trop grosse, si on voit ses fesses, si je la fais trop orientale, si je montre ses seins, si on sent que je l'aime, si on s'aperçoit que je me prends pour elle, c'est dégueulasse. La machine à hacher la viande qui consiste à ramasser un romancier ou un dessinateur et à le passer à la question : « Qu'aviez-vous en tête, citoyen ? » Il faut s'autoriser l'erreur et l'outrance et la blessure. Parce que partir en exploration en définissant a priori ce qu'on souhaite découvrir, c'est l'inverse de la création.

La bigoterie prend de nouvelles formes à chaque génération, elle consiste à reprocher à un artiste de faire simplement le portrait de ce qu'il a vu. Sur le nu, mettez une pantoufle et vous le rendrez regardable pour le XIXe siècle bourgeois, tout en l'éloignant de sa fonction première, la géométrie du monde. Notre époque fait la même chose à l'aide de nouveaux outils. Personne n'avait le sentiment d'être ridicule en ce temps où l'on mettait des pantoufles aux nus. Aujourd'hui, c'est pareil. Avec la plus grande orthodoxie politique, on s'interdit de montrer, de voir, de rire, de décrire. Il faut que ça colle. Relire un roman aujourd'hui, c'est passer chaque ligne au Stabylo jaune parce qu'une petite voix te dit : « Non, si tu écris ça tu auras des problèmes. »

Artcurial m'a écrit car ils ne savent toujours pas quoi faire de mes grandes toiles dans leur dépôt. « Merci de nous dire où nous pouvons te les apporter. » Si je les mets dans la rue, ça va faire baisser ma cote. Et chez moi ce n'est pas trop possible, je ne peux pas imposer à Louise la vision de fesses du passé. Il faudrait les brûler, ce serait très chic, mais j'ai peur de mal m'y prendre et de me blesser ou de causer une catastrophe. Je vais voir si ça tient dans les combles. À la cave il n'y a pas de place car j'y ai déjà entassé les affaires de mon père. Nous devons acheter une maison. J'en suis à calculer les mètres carrés en fonction des choses dont je n'arrive pas à me défaire et qui encombrent. Quelle place reste-t-il pour les moments de vie présente ?

## 25

La prévention juive contre l'idolâtrie, la réticence platonicienne face au monde de la représentation, c'est la même chose et je ne veux pas balayer ces questions comme si elles étaient résolues pour moi, pas plus que je ne souhaite les reléguer au rang des angoisses psychanalytiques. C'est un sujet concret de dessin : est-ce qu'il y a des surhommes ? Que veut dire Ingres lorsqu'il commande d'être à genoux devant son modèle ? Bien entendu, il nous dit de regarder le monde car il recèle de quoi irriguer notre vision. Ce goût des beaux corps qui mène aux belles idées des Athéniens, il faut le prendre comme une injonction à s'imprégner du réel avant de légiférer pour les hommes. Oui, mais à force de regarder et de se mettre à genoux, Ingres finit par ajouter des vertèbres au dos de ses modèles. Parce que ça lui plaît davantage. On commence par changer le monde inconsciemment, on se dit que c'est l'effet de notre maladresse.

C'est « L'appareil photo, ce con-là, il y arrive » de Mœbius. On donne davantage de prix à nos inventions, certains abrutis appellent ça le « style ».

Attention, c'est le chemin vers une forteresse qui ne regarde plus vers le monde. C'est mal ? Non, regarde le Greco. C'est sublime, le Greco, ça rend fou. Tout devient hélicoïdal chez lui. Tu vas me dire : « Oui, comme les muscles, un muscle autour d'un os ça peut tourner comme un personnage du Greco. » Tu as vu le blanc de leur peau ? C'est de l'apophyse, c'est du nacré comme tu en vois quand tu ouvres un corps et que tu découvres la toile d'araignée qu'a inventée la nature pour accrocher du tissu rouge à la structure quasi minérale d'un ossement. Le Greco prend cette blancheur et en fait de la peau. Il tire si fort sur ses personnages que ça leur détourne le nerf optique, ils se mettent à ne plus regarder vers l'extérieur. Les Espagnols décrivent cela en disant qu'ils sont *ensimismado*, ils regardent en eux-mêmes, et nous offrent des yeux blancs.

C'est mal ? Je ne sais pas. Mais je refuse de tuer cette question ou de la trancher car c'est pour cela qu'on continue toute sa vie à faire du modèle vivant. Le choc et la colère, le jour où j'ai croisé ce dessinateur de westerns (beaucoup moins bon que Mœbius) qui m'a dit : « Avec tout le boulot que j'ai, je ne vais pas perdre mon temps à aller voir de vrais chevaux. » Ses chevaux de bande dessinée se tenaient. Mais ils étaient morts.

Le dessin, c'est promener l'artiste avec un carnet. Depuis l'enfance. On ajoute à chaque fois une page, interdit de les déchirer car les mauvais dessins nous apprennent parfois davantage que les bons. On n'a pas le droit de se comparer aux autres artistes, il est permis de les copier, mais dans le même esprit qui nous amène au dessin d'après nature. On considère leur œuvre comme faisant partie du réel, leurs dessins ou sculptures, ou leurs musiques ou leurs mots, cela fera aussi partie de l'ensemble « modèle vivant ». On se plante devant et on décide à quelle hauteur on va mettre ça. Concrètement, cela consiste à choisir la taille de la tête de notre canon humain. Si l'on fait une tête minuscule et un grand corps, on représente des demi-dieux. Faire Superman, c'est-à-dire un bonhomme dont la tête fait un septième voire un neuvième du corps, c'est croire aux anges. Albert Cohen ne fait rien d'autre lorsqu'il nous dépeint un Solal somptueux, grand et mince alors qu'on voit bien qu'il parle de lui, un natif de Corfou aux grands yeux ronds et à l'anatomie qui fait ce qu'elle peut pour soutenir son gros cerveau. Ça tient dans un costume et ça dispose d'assez d'amour pour séduire, mais c'est un humain : un corps qui fait six fois et demie la tête.

Je repense à mes deux rêves d'enfance. Ils ne passent pas. Je les ai racontés dans un carnet dessiné il y a quelques années. Je n'avais pas encore compris, à l'époque où j'ai tenté de les dessiner, qu'ils ne parlaient de rien d'autre que du dessin et de la taille que s'imagine avoir le dessinateur.

J'ai commencé à faire le premier rêve autour de quatre ou cinq ans. Mais il est resté pendant toute mon enfance, je l'ai fait pratiquement jusqu'à la date où j'ai quitté Nice pour aller aux Beaux-Arts.

Il décrit l'état où risque de se mettre le dessinateur.

Il y a une villa du Sud, avec colonnes antiques et

escaliers menant d'un jardin Renaissance vers des nuages. Comme sur l'escalier roulant des Galeries Lafayette, on ne voit pas bouger les jambes de ceux qui montent. Pourtant de tout leur poids ils écrasent un paillasson en fer forgé sous lequel est allongé un bébé. À chaque nouveau géant qui emprunte l'escalier, le nourrisson se fait écrabouiller davantage. Il est encore vivant mais à peine. Il grimace mais ne parvient plus à geindre. Sur son corps de porcelet s'accumulent cheveux, graviers, insectes, mais ce ne sont pas les vermines post mortem, plutôt ce qui traîne au sol dans un jardin. Il a mal car les géants possèdent un seul gros pied qui termine une jambe anormalement longue. Chacun a une beauté écrasante et ils jettent parfois un regard vers lui, pour bien être sûrs que ce qui a arrêté leur marche n'a pas trop d'importance.

Après coup je me suis dit que j'avais rêvé des mannequins des Galeries Lafayette dont les jambes se terminaient par un socle. Je les regardais par en dessous lorsque les diverses filles au pair qui se succédaient à la maison m'emmenaient acheter des vêtements. Mon père s'en foutait complètement de ce que je portais comme fringues. Il faisait des listes avec écrit : « Trois chemises, quatre bermudas, deux paires de chaussures. » En l'absence de ma mère, c'étaient des jeunes filles pas vraiment concernées non plus qui m'emmenaient là-bas. On devait m'essayer diverses saloperies en velours côtelé qui ne m'allaient jamais, et venir les rechercher quelques jours plus tard après retouche. Pendant ce temps les mannequins du magasin, parfaitement bien habillés, me regardaient de haut. Ils avaient toutes sortes de couleurs de peau mais on voyait que c'était de la peinture. Les mannequins blancs avaient une sorte de crin de cheval blond sur la tête et les noirs une sorte de flocage comme pour les trains électriques mais noir ; pas des cheveux peints, c'était du vrai. Ça m'impressionnait. Par endroits la peinture de leur épiderme s'écaillait et alors on voyait bien que c'étaient des anges : en dessous c'était blanc. Je l'ai apprise des années après, l'histoire des anges. C'est dans la Kabbale. On y raconte que les anges n'ont qu'un seul pied. Une longue jambe.

Il ne faut pas laisser ce rêve dans la psychanalyse. Il décrit précisément l'état d'esprit que l'on fuit ou que l'on recherche par le dessin. On se met face à d'autres humains et on décide de notre place : est-ce qu'on va être semblables ? Je ne vois aucune différence mentale entre le dessinateur et les meurtriers en série. Je parle de la dissimulation de la vraie nature de leur regard. Vous vous rappelez *Dragon rouge* de Thomas Harris ? Le tueur mettait des éclats de miroir dans les paupières de ses victimes. Ainsi il ne voyait que lui tout le temps. Il ne savait rien de la souffrance ou des émotions des autres. On dit ça au sujet des vampires, la difficulté à se mettre à la place de sa victime, ça se traduit par : « Je ne me reflète pas dans les miroirs. » Ce danger du dessin est permanent. À dire que le modèle est supérieur, que c'est un dieu, à l'adorer, on va finir par l'objectiver et ne plus s'apercevoir que sa souffrance et son empêtrement ressemblent aux nôtres.

Je me bats de toutes mes forces contre cette tarte à la crème du traumatisme d'enfance chez l'artiste. Ce qu'on raconte dans les contes de fées : un enfant va jusqu'à la haie d'aubépines, il tombe, il passe dans le monde invisible et s'il en revient vivant, c'est avec quelque chose de différent. Les artistes que je connais ont tous ça : la mère morte, le père absent, les maltraitances, le viol par la famille, l'abandon, la preuve d'une tentative d'infanticide. Ils ont chacun leur façon de le dire discrètement au quotidien : il y a ceux qui refusent de boire du lait, ceux ou celles qui ont tellement de mal à vous regarder dans les yeux qu'ils vont observer nos sourcils, ceux qui se tuent au sport car il faut s'endurcir. Et en public chacun raconte son traumatisme en prétendant l'avoir compris et dépassé. On insiste beaucoup, moi le premier, sur cette idée que les traumatismes d'enfance se bornent à nous rendre avant les autres sensibles au sort commun, on est comme eux. Sauf que le dessin vient de là. On a attrapé le dessin comme d'autres se retrouvent avec une difformité génétique. C'est un pas de côté. On n'ira plus sur les rails. On ne pourra plus se synchroniser avec l'horloge des jours, la vie se passera en état d'observation ou d'inquiétude, on aura conjointement et jusqu'à notre grand âge le sentiment de voir derrière le réel et de ne rien y comprendre.

Mon deuxième rêve d'enfance m'a accompagné jusqu'aux Beaux-Arts de Paris.

C'est ma grand-mère paternelle qui a des béquilles et un plâtre – elle n'a jamais eu ça dans la vie – et elle est affreuse – alors que dans l'existence c'était la plus jolie personne qu'il m'ait été donné de voir. Elle m'attrape comme un ballot de linge, je suis léger, elle me jette très haut vers un plafond qui n'est pas là, je retombe, elle continue de saisir mon vêtement pour que j'aille exactement où elle veut : au fond de l'eau des chiottes. Je suis assez petit pour tenir dans les cabinets, pourtant je ne suis plus un enfant. C'est elle qui est devenue un ogre à béquilles avec quelques dents et qui rit en me jetant vers le ciel puis en m'immergeant dans l'eau des toilettes.

Je me réveille de ce rêve trempé, c'est un miracle si je ne me suis pas pissé dessus et le cœur bat à cent trente. Immédiatement, je me sens coupable d'avoir donné une image aussi affreuse de ma gentille grand-mère. Je ne sais pas si ça signifie que le réel est monstrueux et que tenter d'en faire le portrait consiste à se foutre dans la merde. Je ne sais pas non plus si cette laideur c'est la fin de toute chose et du coup on dessine comme un dingue pour tout mettre en sécurité dans un carnet. Ce dont je suis certain, c'est que les dessinateurs se planquent. On ne règle pas ses blessures d'enfance. On ment pour qu'on nous fiche la paix. Sans doute que oui, cela peut nous renforcer. On a tellement l'habitude de dire : « Tout va bien » qu'on finit par arriver au niveau de joie que demande Clément Rosset : une félicité indépendante du phénomène. Avec une telle méthode, on va au peloton d'exécution le sourire aux lèvres.

## 26

Ma fille m'a menti ! Et les professeurs de dessin ne servent vraiment à rien, pas plus que les écoles d'art. C'est juste qu'on n'a pas de solfège alors on est bien obligé de s'inventer des règles. Il y a trois ou quatre ans, Tautmina m'a raconté qu'un maître du dessin japonais avait conseillé de faire tous les crayonnés en rouge parce que cette tonalité heurte un lieu sensible de l'esprit humain et plonge l'artiste dans une transe propice à l'éveil intérieur. J'ai fait ça. Voilà quelques années que je ne crayonne plus qu'en rouge. Parfois de gros crayons gras, parfois des feutres, même sur ma tablette Cintiq je ne fais mes esquisses qu'en rouge. Et avant-hier Tautmina, hilare, m'a annoncé que c'était de la flûte.

— Oui, papa, tu t'es pas rendu compte que quand j'étais plus petite ça me faisait marrer d'inventer des trucs et de les dire avec le plus grand sérieux. Aucun Japonais n'a jamais dit ça. Tu te rappelles, je t'avais même trouvé un nom japonais pour évoquer cette technique.

— Ça valait bien le coup que je te paie des cours de japonais !

— Ha ha ! Remarque, ce n'était pas un mensonge idiot. Je m'étais mise moi aussi à crayonner en rouge car j'avais entendu qu'en chaleur thermique – enfin je sais pas bien de quoi il s'agit, mais les ondes rouges sont encore plus bas que le noir, tu vois l'ultraviolet, eh bien l'infrarouge, c'est en dessous.

— Qu'est-ce que tu racontes ?

— Je sais pas ! Mais toi tu m'as crue ! Et puis c'est aussi la couleur du sang.

— Je t'ai crue et je crayonne en rouge depuis des années. Mais tu sais quoi, ça fonctionne ! Je n'ai jamais obtenu autant de choses en esquisses que depuis que je procède ainsi. Alors je vais continuer et mon maître japonais, c'est toi.

Donc, on n'a pas de solfège en dessin, il existe des règles d'anatomie, qui sont les mêmes que celles des médecins. On doit prendre en compte les réalités de la machine humaine mais c'est la même chose que si on devait dessiner une bagnole ou les baleines d'un parapluie, on se demande comment c'est fait, c'est la moindre des choses. Il y a les lois de la réfraction de la lumière, puis celles de la perspective, la perspective géométrique et aussi cette très jolie perspective qu'on nomme « atmosphérique » et qui consiste à rendre bleu-gris tout ce qui s'éloigne de nous. Il existe mille trucs hérités de tel ou tel artiste. Par exemple en bande dessinée, quand on travaille en noir et blanc, si c'est la nuit on met les objets proches en blanc et les objets lointains en noir, et si c'est le jour c'est l'inverse. Le dessin est une science pleine de conventions et de règles branlantes, rien d'aussi sérieux que le solfège. C'est pourquoi il est essentiel de s'en inventer, des règles, même si on les fiche à la poubelle le lendemain. Parfois on s'amuse à se les cacher dans un repli du tapis pour faire semblant de les avoir oubliées : « Rappelle-moi, quand je ne parviens pas à dessiner, de jeter mon crayon et de tenter de construire mon image au stylo à bille. » Avec moi ça marche à tous les coups. Le stylo à bille me déclenche. Je ne sais pas pourquoi j'adore oublier cette roue de secours. Et je répète à tous mes proches : « Si un jour tu me vois galérer, rappelle-moi de prendre un stylo à bille. »

Lewis Trondheim s'est mis à l'aquarelle il y a une quinzaine d'années et il m'a appelé pour me demander de lui dire mes règles à l'aquarelle. Je lui ai répété ce que m'avait enseigné Quentin Blake : ne jamais colorier dans les traits, ne jamais donner à une chose sa vraie couleur. Expansif comme il est, Lewis a dit : « Bon, merci. » Puis il a disparu de la circulation quelques jours, à l'issue desquels il mettait en ligne ses premières aquarelles, somptueuses. Il m'a alors téléphoné pour déclarer : « Tu vois, j'ai pris tes deux règles et j'ai fait exactement l'inverse, et ça fonctionne très bien. »

Il a raison. À chaque fois qu'on se donne une règle en dessin, si on fait le contraire ça marche aussi. C'est pourquoi les écoles et les professeurs ne servent pas à grand-chose. Une preuve ? Mon camarade Christophe Blain n'a jamais suivi un seul cours de morphologie, il serait bien incapable de nommer les muscles et les tendons même s'il fait du sport nuit et jour. Son savoir morphologique se limite à ce qu'il entend en salle de gymnastique. Et Christophe Blain est le meilleur dessinateur du vivant que je connaisse. Tout ce qu'il fait est toujours juste. Ce n'est pas inné. Il a regardé des modèles vivants. Des gens qu'il aime, des inconnus. Il en a tiré des leçons. Le seul professeur, c'est le carnet. Christophe a fait son service militaire en vomissant sur un bateau de guerre, il en a rapporté des centaines de carnets. Puis on l'a envoyé au pôle Sud sur une base scientifique où un type venait de mourir. Ils ont eu le cadavre du gars dehors avec les pingouins et Christophe sur leur dos qui les portraiturait. On l'a ensuite fait partir au Bangladesh après un cyclone. Puis en Martinique où un type lui a dit : « De quel droit vous dessinez des Noirs ? » Il a fait ses humanités, ses classes et son compagnonnage carnet en main. Le professeur c'est le réel et l'école c'est le carnet, il n'y a rien d'autre.

Pourquoi moi j'ai plongé dans le mythe de l'école d'art ? Parce qu'il me fallait quelque chose de plus fort que les rabbins et les philosophes pour justifier mes choix de vie. Choisir le dessin, bien entendu, c'est prendre une décision risquée professionnellement. Ça inquiète les parents. Parfois ils refusent. Mais c'est aussi la décision d'un virage ontologique. On va réellement voir la vie autrement. Et si l'on a eu des maîtres brillants, écrasants, il faut alors s'entourer aussi de maîtres en dessin. Je l'ai dit, l'enseignement rabbinique et philosophique transmet la même défiance face aux images, au monde sensible, au réel en somme. Quitter l'idéalisme, c'est difficile.

La première fois que j'ai vu Jean-François Debord,

c'était à la télévision. La caméra traversait le couloir de la galerie morphologique de l'École des beaux-arts de Paris. On filme ainsi dans les histoires d'horreur, la caméra près du sol, ce qui donne le sentiment de se substituer à un enfant qui marcherait à pas feutrés, prêt à détaler au moindre bruit suspect, et qui tarderait à lever le nez vers l'inéluctable. Au fond de la galerie, derrière une forêt d'ossements et de curiosités naturalisées se trouvait un type aux épais sourcils. Grande main droite et main gauche chétive, grosse voix. Il tenait un crâne. Au lieu de l'interroger bêtement comme un élève du cours Florent qui découvre Shakespeare et se croit malin, Jean-François Debord s'en tenait à ce que le réel nous donne concrètement à saisir. J'ai aimé ça. Il n'avait pas de longues considérations sur la mort et l'état de l'homme. Il faisait jouer le maxillaire et écartait au maximum la mandibule du crâne. « Vous voyez, vous avez l'impression qu'il rigole. Mais aucun vivant ne pourrait avoir ce rire. Car nos muscles, notre peau, nos tendons imposent même au rire de rester dans les limites du raisonnable. Il n'y a qu'un squelette qui puisse se marrer aussi franchement. » J'ai entendu ça et on m'a dit que ce type était prof quelque part. À partir de ce jour-là je n'ai plus eu qu'une seule idée, le rejoindre. J'ai fait de faux papiers, j'ai embarqué sur des Zodiac insalubres avec des passeurs peu recommandables, j'ai traversé le col de la Roya pieds nus et j'ai fait de l'autostop, je suis allé au camp de Calais porter des vêtements offerts par des vieilles dames du 5e arrondissement de Paris, j'ai tout fait pour le rejoindre.

Dans la suite du reportage, on le voyait face à

des modèles vivants, entouré de ses deux assistants, François Fontaine et Philippe Comar. On voyait des gens nus. Puis un oiseau qui prenait la même position qu'eux. On voyait surtout sur des tableaux qui ornaient tous les murs de l'hémicycle des professeurs qui dessinaient parmi leurs élèves et donnaient des pistes de lecture pour le vivant. Jaune pour l'os, rouge pour le muscle, bleu pour le tendon. On allait enfin y comprendre quelque chose. Finalement il n'y a que les mathématiques qui vaillent puisqu'elles consistent à mieux entendre ce qui est en jeu lorsqu'un gars fait monter sa chope de bière vers sa bouche et se penche légèrement en avant. La morphologie aide à savoir quels muscles du visage utilisent les acteurs quand ils rient, et quels muscles traduisent un rire sincère. Comment on peut vivre sans ça ? Dans cette école on étudie les escargots et la mécanique du vol. On enseigne la topologie dont les dernières extrémités peuvent consister à théoriser la façon de retirer son slip sans enlever son pantalon. Je jure qu'on enseigne ça. Et aussi Delacroix et bien entendu Rembrandt. Et Debord qui répétait, c'est tellement vrai, que « la seule chose que je ne peux vous enseigner, c'est le goût, et c'est la plus importante ». Dans mon cas, échec complet : je n'aime que les films de monstres.

Je dois tout à ces professeurs à cause de leur autorité. Parce que Debord était fascinant. Deux fois par semaine lors de cours magistraux de trois heures il dessinait de chic une anatomie sur un tableau de cinq mètres par cinq mètres. Tout en parlant. De tout. Mais d'un tout qui avait à voir avec l'œil, le dessin et en dernière analyse qui disait la civilisation. Quiconque serait incapable de recevoir un dessin n'a rien à faire en terre civilisée. C'est le lieu où l'on tente de réconcilier le monde et les idées.

Ça ne sert vraiment à rien, une école d'art, d'un point de vue technique. Ce qui est utile, c'est l'autorité morale de professeurs qui aident à oser dire : « Je suis dessinateur. »

Je prends moins mon carnet. Je ne dois jamais perdre cette habitude. Mes dessins deviennent mauvais si je dessine moins d'après nature. Je l'ai toujours utilisé pour lutter contre les autres sciences, le dessin.

# 27

Les époques se trompent toutes, tout le temps. Il faut dessiner pour faire un portrait juste du monde vivant. Ce que l'on y pense, on verra plus tard. Je veux dire que si France Inter avait existé pendant la Deuxième Guerre mondiale, il y aurait eu les pamphlets de Céline à la place des humoristes d'aujourd'hui. Je vais trop vite ? On n'a pas le temps. On peut se tromper pour des choses graves comme l'extermination des Juifs ou pour des conneries, mais oui, bien entendu celui ou celle qui s'en tient à l'opinion générale se met forcément le doigt dans l'œil. Le Céline des pamphlets, ce n'était pas Dieudonné. Je veux dire qu'il n'était pas mis au ban de la société, les gens ne faisaient pas des moues outragées en le lisant. Les pamphlets de Céline ont eu un immense succès. Ils disaient l'opinion. Ça s'est vendu. Beaucoup. Et en le lisant les gens pensaient : « Quel courage ! Il n'a pas peur de s'en prendre aux puissants ! Regarde comme il décèle bien les rouages occultes de ceux qui nous gouvernent, cachés derrière leurs millions. » La facilité de celui qui sait écrire, et qui flatte le bistrot, est inexcusable. Je me fous que France Inter ait raison ou tort chaque matin ; quand la radio fait des blagues pour propager le bien, c'est inexcusable et c'est à vomir. Céline en 40, c'était le type qui avait du succès et qui surfait sur la vague. « Oh ! Il dit exactement ce que je pense ! » À chaque fois que je ressens cela en me disant : « Tiens, ce comique ou cet auteur met exactement le doigt sur mon opinion du moment », je me méfie. Et je me remets à dessiner.

Tempête dans un verre d'eau en France ce mois-ci : Gallimard aurait songé à republier les pamphlets. Levée de boucliers des uns et des autres. Comme s'ils feignaient d'oublier que ces livres n'ont jamais été interdits par quiconque. C'est Céline et sa femme qui ont souhaité qu'on ne les publie plus. Parce que le camp du bien avait changé. Après guerre, le camp du bien n'était plus trop favorable au massacre des Juifs. Ça reviendra sans doute. On ne sait jamais quels sont les Juifs du moment. Dans le doute, détournons-nous de ceux qui tentent le matin même de donner un sens aux événements du jour. Dessinons. Faisons le portrait vivant du monde et tâchons de ne pas trop vite y comprendre quelque chose.

J'aime Céline, c'est un immense écrivain. Je ne cesserai pas de le lire. Et je sais aussi que ses pamphlets n'ont pas été écrits clandestinement et ne se sont pas vendus sous le manteau. Il s'agissait d'ouvrages à succès, qui traduisaient l'opinion unanimiste de l'époque. Bien entendu, galvanisés par les écrits de Céline, des gens ont dû dénoncer leur voisin ou se croire dans leur bon droit pour aider au massacre. C'est puissant, les mots. Quand on écrit pour la foule et que ça se vend à soixante-dix mille exemplaires, c'est comme si dans chaque ouvrage vendu était glissée en marque-page une petite lettre de dénonciation. Cette attitude de Bardamu à la fin du *Voyage* – ne pas traverser la rue quand la gamine saigne à blanc –, c'est ça. Ça conduit là. Céline est un sismographe, il a fait son boulot puisqu'il a dit son temps : une France perdue dans des haines absurdes, portée par une rage et un aveuglement qui ont mené aux plus abjects des crimes. *Ode à l'homme qui fut la France*, a écrit Gary à propos de De Gaulle. Quelqu'un ouvre sa gueule et il devient la voix du pays. Détester Céline, c'est haïr une photo de nous-mêmes, de ce que nous avons pu être quand nous pensions que nos humoristes étaient formidables, et qu'ils nous tendaient un miroir juste du monde. Republier les écrits antijuifs de Céline ? Oui ! Avec joie et d'urgence ! Pour qu'on cesse de nous raconter qu'il y a d'un côté le grand écrivain et de l'autre le salaud démago qui faisait du fric avec la haine et qui appelait à aller plus loin qu'Hitler, et que le public encourageait puisque plus il allait loin dans l'abjection, plus ça se vendait. C'est le même homme et il est de chez nous et de son temps, il avait autant de succès qu'en ont aujourd'hui les humoristes de radio. À l'époque, le camp du bien, c'était lui. Il faut rester loin des meutes et des évidences, avec son carnet, et dessiner. Lire Céline aujourd'hui, c'est cesser de n'en choisir qu'une partie. Bien sûr que les pamphlets sont tout entiers en germe dans le *Voyage* et que le *Voyage* n'en reste pas moins un livre immense. Nier cette évidence, c'est toute la pudibonderie actuelle. Le dessin rde la pensée et il a bien raison. Pour cela comme pour tout, réservons nos conclusions.

J'aime bien les Juifs. Je ne devrais pas écrire cette phrase car je vais la retrouver sur ma pierre tombale. Je vois déjà mon enterrement avec gravé dans le marbre : « Il aimait bien les Juifs. » Et mes copains qui se marrent. Ou bien les articles au sujet du présent récit avec la même phrase mise en exergue, et reprise intelligemment par les comptes Twitter de diverses obédiences politiques. « Joann Sfar : "J'aime bien les Juifs." Communautarisme regrettable », selon le Printemps républicain, « Crypto-sionisme » pour Mediapart, « Le complot au grand jour » pour Alain Soral, « Les Juifs c'est tendance ? » pour Konbini, « Youpin malin » pour *Mon petit quotidien.* Puis l'immanquable discussion avec Richard Ducousset : « Joann, je ne vous demande pas de vous enjuiver plus que de raison, mais enfin, c'est vous, allez-y. Et je ne vois pas pourquoi vous ne souhaitez pas qu'on appelle cet ouvrage *J'aime bien les Juifs.* » Ce à quoi je ne pourrais répondre que : « Mais enfin, Richard, parce que je les déteste ! » Louise m'a dit que j'aimais trop le judaïsme, que je m'en faisais une trop haute idée et que c'est pour cette raison que je m'entendais mal avec les Juifs.

— Tu es trop possessif avec la Torah ! Tu t'imagines que c'est ton truc ! Je veux dire que tu crois que ça n'appartient qu'à toi. Alors à chaque fois que tu vois un Juif, surtout s'il est religieux, ça t'énerve, parce que tu penses qu'il n'a rien compris et qu'il n'est pas à la hauteur de ce que toi tu t'imagines du judaïsme, comme idéal de vie, comme culture, comme vision du monde. S'ils ne sont pas tous au niveau de Levinas ou de Philip Roth, t'as envie de leur cogner sur la gueule. Eh bien excuse-moi, minou, mais les Juifs, tu leur en demandes trop ! Tiens, par exemple, tu ne taris pas d'éloges sur les Niçois, et les Niçois, tu leur demandes rien ! Je ne dis pas ça pour critiquer tes amis niçois mais plus ils font les cons, plus ils ont des défauts, plus ils t'emmerdent, plus tu leur fais des bisous. Tandis que les Juifs, non. Ils ne sont jamais assez bien pour toi. Tu veux que je te dise, minou, sous prétexte que c'est le peuple du Livre, on dirait que tu ne veux pas les autoriser à vivre, les Juifs. Ça suffit de te faire une image des gens. Va les voir en vrai, plutôt.

— Georges Kiejman m'a dit que l'antisémitisme, c'est détester les Juifs exagérément.

— Il a dit ça pour te faire croire que l'antisémitisme catho tradi de Canadair est moins craignos que celui des islamistes sous prétexte que Canadair n'a pas le temps d'aller foutre le bordel devant une synagogue.

— Oui, c'est vrai, il parlait des préjugés inoffensifs de la vieille droite raciste. Il disait que du moment que ces gens n'ont plus la force de perpétrer un pogrom, on peut les considérer comme fréquentables, dans la mesure où il vaut mieux éviter avant tout ceux qui sont prêts à mettre ta tête en haut d'une pique.

— Tu es complètement fou.

— Je dois aller avec Saby à une œuvre de bienfaisance juive.

— Pourquoi tu fais cette tête ?

— Tu sais pas ce que c'est, toi.

# 28

Ma tante Saby va mieux. On l'a opérée à quelques mois d'intervalle de ses deux yeux, du coup elle se fait un portrait plus juste du monde. Quand tu parviens à mieux observer le réel, les choses s'arrangent.

« Tu vois, coco, je me plaignais toujours que ma femme de ménage nettoyait pas bien. Tu vas rire, c'était la faute de ma cataracte. Je lui disais : "Bogousha, frotte mieux, frotte mieux !" Va pas croire que je me venge de la Pologne, je l'adore cette femme, elle est très gentille. Et puis les Polonais, y en a des bien. Ils ne nous aiment pas, ça tu ne peux pas le leur enlever. Remarque, personne ne nous aime. Personne n'aime les Juifs. On n'y peut rien, je vais te dire, quand tu auras mon âge tu t'apercevras que personne n'aime personne. Parfois, il faut admettre que certaines personnes sont innocentes. Bogousha, elle n'avait rien fait de travers. Tout était propre. C'étaient juste mes yeux qui voyaient de la poussière là où il n'y en avait pas. Ça me fait penser aux explorateurs. Dieu a indiqué à Moïse où se trouvait la Terre sainte. Moïse a envoyé des gars pour voir à quoi ça ressemblait. Puis ils sont revenus en disant : "On va pas y arriver, y a que des tribus fanatiques par là-bas, ils vont nous emmerder pendant des millénaires. On ferait mieux d'aller faire un État juif en Provence, vers Eygalières, ou bien sinon à Deauville." Et Dieu s'est énervé, il a dit à Moïse : "C'est vraiment des cons, tes explorateurs, ils t'ont pas dit que là-bas, il y avait aussi le lait, le miel et la Silicon Valley. Si vous allez là-bas, un jour des Juifs inventeront Sodastream et Waze qui sera une application pour éviter les embouteillages, et aussi le krav-maga qui permettra à tous les comédiens parisiens de s'imaginer qu'ils pourraient survivre dix minutes la nuit près de la gare de Riquier à Nice, ce qui est faux bien entendu.

— Je comprends, Éternel mon Dieu, mais c'est vrai, au sujet des tribus fanatiques qui vont nous faire chier des millénaires ?

— Moïse, chacun est le fanatique de quelqu'un. Et puis relis la Bible, chacun fera de son mieux pour exterminer l'autre jusqu'à, je me cite, son gros et son menu bétail.

— Je n'ai pas encore lu ce passage car je viens de recevoir les Tables de la Loi dans lesquelles il y a juste dix commandements.

— Ce passage figure dans le mode d'emploi écrit en tout petit.

— Éternel, je parviens pas à lire.

— C'est parce que c'est de l'hébreu, ne t'en fais pas, je vais t'envoyer au Talmud Torah et bientôt tu sauras le parler.

— N'empêche, mon Dieu, j'aurais préféré qu'on fasse l'État juif à Deauville.

— Tais-toi, Moïse, et regarde ce que je fais aux faux témoins." Et Dieu a fait pousser la langue des explorateurs et y a mis plein de boutons purulents pour leur apprendre à critiquer la politique israélienne. Ensuite à chaque fois qu'ils essayaient d'embrasser leur copine, elle disait : "Ho, mon chéri, tu as mangé du popo ? Ça sent très mauvais dans ta bouche." Alors un Juif a inventé le chewing-gum. Et on a pu continuer à manger les bricks aux sardines et le couscous au mérou et les tripes et la saucisse à la menthe dans son gras double. Dis-moi, Joann, au lieu de me conduire chez l'ophtalmo pour ma visite, je voudrais que tu m'accompagnes à la soirée du COJASOR.

— C'est comme la WIZO ?

— Non, c'est très différent.

— C'est comme l'OSE ?

— Non, c'est autre chose, ce sont des gens très gentils.

— Tata, tu peux pas me demander ça. Je sais que tout le monde est adorable, mais je ne veux pas aller dans des trucs de bienfaisance juifs, ça me rappelle trop mon enfance, je suis toujours ultra mal à l'aise dans ces trucs-là. Ce n'est pas la faute des gens, c'est moi le coupable mais je ne veux pas, ça me stresse trop.

— Tu es vraiment un sauvage.

— Peut-être.

— Viens juste au cocktail.

— Je t'ai dit non.

— Ça me fait beaucoup de chagrin que tu refuses. Je n'ai pas souvent l'occasion d'assister à un dîner de gala.

— Vas-y sans moi.

— Toute seule je n'irai pas. Et puis je serais si fière d'y aller à ton bras.

— Saby, je t'adore, je déteste te dire non. Mais vraiment, je ne veux pas.

— Et moi je te demande de venir. J'irai toute seule chez l'ophtalmo. À la place, viens juste avec moi là-bas. »

La dernière fois que je l'ai accompagnée à un truc juif, c'était la projection d'un film sur la déportation et je n'ai pas dormi pendant une semaine. Je comprends parfaitement qu'on sensibilise les populations qui ont des préjugés à ces sujets-là, mais pour ma part, je suis comme qui dirait surinformé.

Le COJASOR est une association qui finance des maisons de retraite, des services d'aide à domicile et des centres d'accueil pour handicapés. Ils sont chouettes. Quand je préparais ma bar-mitsva on nous avait foutus à la maison du COJASOR à Nice. Ça s'appelait la Colline. C'était une maison de retraite pour vieux Juifs. Ce serait bien qu'on montre davantage à la télé qu'il y a des Juifs pauvres, ça ferait dégonfler certains fantasmes. Je me rappelle que là-bas je cachais mon carnet pour dessiner. J'avais des feuilles de dessin pliées dans le livre de prière. On était tellement turbulents avec mes copains du Talmud Torah que le rabbin n'avait trouvé que ça pour nous faire apprendre quelques pages d'hébreu.

[illegible] bar-mitsva, c'est comme le permis de conduire. [illegible] le monde sait très bien que tu vas t'en foutre du code de la route pendant tout le reste de ta vie, mais le jour du permis, faut pas que tu déconnes. Donc on nous enfermait avec les vieux pour apprendre les quelques lignes de Torah et prières qu'on devrait chanter à la synagogue le jour de notre communion. Moi je dessinais les petits vieux. Ils étaient gentils. Il y en a une qui est morte pendant notre séjour. Et d'autres qui dormaient beaucoup et dont les chairs coulaient. Depuis je me dis que toutes les substances du monde sont finalement un peu liquides. On m'a expliqué que c'était vrai au sujet des fenêtres. Il paraît qu'une vitre ça coule très doucement. Comme de l'eau mais moins vite. Tu vas voir les fenêtres du château de Versailles, tu vois ces traces du temps. Parce que c'est tombé vers le bas. Inexorablement comme les vieux du COJASOR à Nice. Ils mangeaient des trucs de pauvres mais cuisinés gentiment. Je veux dire qu'on bouffait comme eux et que c'était bon. Ils se disputaient autour des programmes télé, jouaient aux cartes et leurs enfants venaient tout le temps. Vous pouvez continuer à détester les Juifs et les Arabes et les Noirs, il n'empêche qu'ils vont voir leurs vieux parents tous les week-ends. Moi j'essayais de pas les dessiner trop moches. Un jour on s'est disputés avec les copains du Talmud Torah et un gars a eu le bras cassé. On n'avait pas fait exprès. On prenait les matelas et on se battait avec. Puis un de nous s'était trouvé sous le matelas et je crois qu'on avait sauté dessus à pieds joints.

C'est pour toutes ces raisons que sans doute je dois être très reconnaissant au COJASOR. L'OSE, c'est autre chose, c'est l'association qui a sauvé des enfants juifs de la déportation.

Je finis par dire oui à Saby, avec la promesse qu'on ira incognito et qu'on sera partis après le cocktail. Et je l'accompagne aussi chez l'ophtalmo. J'en profite pour le taper d'une consultation. La maman de Louise nous a dit avant-hier que ça n'existait plus, les chalazions, car c'est uniquement dû à une mauvaise hygiène et les gens ne sont plus aussi sales que ça. J'ai un chalazion. Ça devait arriver, à force de ramasser de la pisse de chien et de chat. Car en plus du beagle de mon fils qui préfère uriner au chaud, il y a mes quatre chats qui ont décidé qu'on pouvait se soulager dans la machine à café. Je ne sais pas pourquoi. Ils pissent sur la grille de la machine Nespresso. Je suis bien obligé de nettoyer de temps en temps et je me gratte les yeux. J'explique tout ça au docteur qui passe plus de temps avec moi qu'avec ma tante et qui me dit : « Ça va passer. »

On prend un Uber. Saby me fait remarquer qu'il est noir mais gentil. Elle chuchote très fort et le monsieur se marre. Saby parle tout le temps des Noirs mais heureusement c'est pour en dire du bien. Je préfère mille fois ça aux gens qui ont appris à ne jamais dire un mot plus haut que l'autre mais qui n'en pensent pas moins. Elle me demande de donner un pourboire au monsieur, et j'explique qu'avec Uber le pourboire se donne après. Puis j'oublie de donner un pourboire et je trouve le moyen de m'en sentir coupable.

Il pleut. C'est un hôtel particulier qui appartient à la fondation Rothschild. Il y a beaucoup de personnes âgées. C'est bien que les vieux riches viennent en aide aux pauvres vieux. Un videur arabe prend ma tante par le bras et nous propose de monter par l'ascenseur plutôt que de gravir le grand escalier. Pourquoi je me sens obligé de dire la race des gens ? J'ai demandé à ma copine Rokhaya Diallo pourquoi elle employait tout le temps le mot « race ». Elle m'a répondu : « Aux USA c'est naturel mais ici ça passe pas du tout. Contrairement à ce que croient mes détracteurs, je suis pas du tout favorable au communautarisme à l'américaine. J'observe juste avec intérêt deux systèmes de vie, dont aucun ne fonctionne, et qui tous deux progressent comme ils peuvent. La race, c'est une chose qui n'existe pas mais qui existe : scientifiquement tu ne peux pas prouver que ça existe, et cependant c'est dans toutes les têtes et ça structure nos amitiés, nos conflits et nos destins. » Je lui ai dit que je n'étais pas d'accord avec son idée de « racisme d'État ». Je vois, pour ma part, un racisme historique, une représentation transmise et par les familles et par le destin des peuples, avec une force de travail qu'on a réduite en esclavage puis colonisée puis importée en appelant ça « immigration » mais c'est la même chose. Ça consiste toujours à faire travailler les uns pour le compte des autres. Et les Juifs entre le marteau et l'enclume qu'on accuse de tous les maux. À se demander si ce n'est pas leur fonction de prendre des coups pour aider les uns et les autres à régler leurs inégalités. C'est pour ça que je suis assez con pour être ému et mettre mille symboles dans le fait qu'un grand Arabe qui me ressemble comme deux gouttes d'eau aide ma chère tata Saby à prendre l'ascenseur.

retrouve dans le vestiaire au milieu de nanas

super jolies qui prennent les manteaux des vieilles dames. C'est comme le vestiaire du Silencio, mais avec des personnes âgées. Au cocktail on vient accueillir ma tante et on me remarque et on me parle. Le chat du rabbin, ce salaud, m'interdit l'incognito dans certains cercles. Je demande plusieurs anisettes car on insiste pour qu'on reste au dîner. Je ne peux pas dire non. Une dame ouvre la mer Rouge en deux et me fait visiter l'hôtel particulier. Elle m'explique qu'il y a eu cette rivalité entre Édouard André et Rothschild. Une rivalité de mécènes. C'était avant qu'il existe un ministère de la Culture. Le rabbin dont je parlais dans mon livre précédent, Haïm Korsia, est là. Je l'aime beaucoup, il fait honneur aux rabbins, il n'a jamais excommunié personne et adore *Blake et Mortimer.* Je dis à Saby que c'est ce monsieur qui a fait une prière pour elle lorsqu'elle était à l'hôpital. Elle rayonne et nous descendons dans la salle du dîner.

Je remarque qu'on a écrit à la hâte un carton à mon nom et qu'on m'a mis à la table d'honneur. Je n'ai pas de cravate. Saby me le fait remarquer mais elle est d'humeur à pardonner, ce soir. Je suis heureux au bras de ma tante. Je souhaite qu'elle vive longtemps. Je ne sais pas si ma maman aurait été si bien si elle avait vécu. Moi je n'ai que Saby. Je suis placé à côté de M. Frédéric Mitterrand et ma tante est à ma gauche en bout de table. Alors que personne ne regarde, j'intervertis les cartons. Et Saby est toute fière d'être à côté de notre ancien ministre de la Culture dont elle va pourrir le repas. Frédéric Mitterrand arrive. Il a l'air fatigué. Il porte un plâtre au bras gauche, pourtant il n'a jamais fait une préparation de bar-mitsva à la maison du COJASOR de Nice. Saby lui demande s'il sait qu'il est assis près de Joann Sfar. L'ancien ministre répond oui avec un gentil sourire. Ce n'est pas assez aux yeux de Saby qui réitère sa question en lui rappelant que c'est moi qui ai dessiné les albums du *Chat du rabbin*. M. Mitterrand fait savoir qu'il est au courant et remercie poliment pour l'information.

Je commence à apprécier beaucoup ce dîner et je me félicite d'avoir interverti les cartons. L'organisatrice de la soirée vient s'asseoir près de moi et on parle de choses et d'autres. Il faut faire un don. Ils distribuent des enveloppes. Je ne sais pas combien il faut donner. On nous montre des films sur les EHPAD, les maisons de vieux, et sur les divers services que propose le COJASOR. Je me demande si c'est bien si je marque cinq cents euros sur le papier qu'on me donne. J'ai pas pris mon chéquier, j'ai vraiment pas l'habitude de ces trucs-là. Sur le papier je fais un dessin du chat avec écrit : « Excusez mon maître, c'est un vrai débile, et n'allez pas accréditer les clichés sur la radinerie juive, il va envoyer un chèque de mille euros dès demain. » Et puis j'oublie. Un mois plus tard, je n'ai toujours pas expédié mon chèque, je suis vraiment une ordure. Je dois leur écrire pour qu'ils me redonnent leur adresse. Je me dis que ça va me porter vraiment malheur si j'oublie d'envoyer ce chèque.

Tandis que je me prends la tête avec ce papier de don, Frédéric Mitterrand regarde le rabbin qui allume les bougies de Hannoucah. Il demande à la cantonade le sens de cette fête. N'importe quel Juif lui aurait répondu : « C'est la fête des Lumières » et puis c'est tout. Autour de la table il y a des pointures comme

Thierry Marx ou Éric Toledano et Olivier Nakache et aussi un neurochirurgien qui explique l'histoire de l'humanité à l'aide de triangles et de carrés mais je ne comprends pas si je dois m'identifier à l'un ou à l'autre alors il faudra qu'on me réexplique. Par ces détails j'entends faire savoir que d'autres personnes auraient pu fournir une réponse satisfaisante au ministre au sujet des mœurs juives.

Par chance, c'est ma tante qui répond. De façon exhaustive. Je l'entends expliquer à M. Mitterrand qu'il y a fort longtemps les Grecs avaient envahi Jérusalem. À moins qu'il ne s'agisse des Romains ou des Perses ou des Babyloniens. L'histoire juive est ainsi faite que depuis des millénaires qu'ils vivent à Jérusalem, un peuple arrive chaque année pour leur dire que ce n'est pas chez eux et qu'ils devraient se dépêcher d'en partir. L'histoire juive, c'est vivre à Jérusalem en répétant quand même à chaque fête : « L'an prochain nous serons à Jérusalem. » C'est un peu comme quand tu emmènes ta fiancée à Venise : ça lui plaît mais elle repart tout de même en se disant que la vraie Venise doit être au ciel, car il lui manque toujours un petit quelque chose. Ce quelque chose qui te manque, c'est ce qui te permet de ne pas te tuer tout de suite. Tu continues de regarder le monde. Tu le dessines et tu te dis que quelque chose est loupé dans ton croquis. Tant que tu ressens ça, tu ne te suicides pas. « Et la lumière de Hannoucah a brûlé pendant huit jours. » Saby raconte cette histoire depuis les entrées et nous arrivons au dessert. Une pavlova très réussie de Thierry Marx mais qui ne vaut pas celle de Louise. J'ai toujours l'impression que dès que la bouffe est casher, ça va être un peu loupé. Je ne vois pas quelle directive casher peut amener à louper un dessert puisqu'il n'est pas question de viande là-dedans. C'est bon quand même, je souhaite à chacun de manger un jour quelque chose préparé par Thierry Marx. C'est peut-être simplement que Louise est inégalable en ce qui concerne la pavlova – en passant derrière moi, elle lit cette phrase et me traite de Juif. « Pire que ça, tu es de plus en plus juif. »

Et Saby continue : « Monsieur le ministre, on ne peut pas se réjouir de la victoire militaire de Hannoucah. Il y a eu Yehuda Maccabi qui a tenu tête aux Romains, ou bien au Hezbollah, je ne me souviens pas. Vous vous rendez compte qu'aux yeux du monde le pire crime d'Israël, c'est d'avoir gagné toutes ses guerres ! En 48 et en 67, quand toutes les armées arabes se sont coalisées contre ce petit pays qui a la taille des Alpes-Maritimes et moins de quinze kilomètres de large par endroits, le monde aurait préféré qu'Israël perde, et ça aurait été fini de cette idée d'un État juif. Vous croyez que ça fait plaisir ? Alors non, on ne dira jamais : "On fait la fête parce que Yehuda Maccabi qui était petit comme David a vaincu Goliath." Ce que l'on célèbre, c'est un temple détruit où une infime flasque d'huile sainte a brûlé pendant huit jours, pour nous rappeler qu'il existe quelqu'un là-haut, enfin à l'extérieur du monde, qui nous regarde. Et ce quelqu'un, c'est Dieu. Je ne sais pas, monsieur le ministre, si Dieu est à l'intérieur du monde où s'il est dehors, à nous regarder faire, mais ça fait du bien de penser qu'on est sous son regard. » Puis elle se tourne vers moi et me demande qui est

Toledano et qui est Nakache. Je lui confesse que je les admire, mais que je l'ignore et qu'elle me rendrait service en posant cette question à ma place.

Une autre dame âgée me regarde. Personne ne lui parle. Dans mon enfance, j'allais toujours avec les grands-mères aux rencontres familiales. Je vais la voir et j'apprends que c'est un écrivain. Elle est aussi ronde que ma tante est anguleuse. Je n'ai rien écouté à ce qu'a dit le chirurgien du cerveau mais ici l'histoire du monde qui m'intéresse se résume à deux dames, l'une triangulaire et l'autre ovoïde. Le triangle est ma tante et elle parle au ministre qui n'écoute plus beaucoup et regrette sans doute d'avoir posé il y a plus d'une heure une question que tout le monde a oubliée. L'autre ne dit rien et je vais la voir. Elle s'exprime à l'ancienne. Pour dire ce qu'elle pense à voix basse. Elle me fait beaucoup rire et je propose de la ramener. Nous partons finalement au vestiaire, cette dame, ma tante et moi. Je quitte l'hôtel de Rothschild au bras de deux dames juives en manteau de fourrure. Elles parlent dans le taxi. Je dépose la romancière puis tata Saby. Je pleure seul dans le taxi.

## 29

Périodiquement, je dois rédiger des lettres de recommandation pour mes élèves. Ils demandent à partir sous d'autres latitudes faire la même chose qu'ici. Obtenir une place temporaire dans une académie de dessin n'importe où sur le globe. Se faire une vie là-bas. Puis chaque matin se rendre à l'atelier et se demander ce qu'on va bien pouvoir dessiner. En colorant ça du folklore rassurant découvert dans le pays où l'on se trouve. L'avantage des voyages, c'est qu'on peut se faire croire qu'il existe quelque chose de nouveau. En réalité, on a bougé sa viande, ce sont les mêmes yeux et les mêmes mains. Le travail est intérieur. On a juste déplacé un petit peu son angoisse. En général, les élèves me demandent ce courrier la veille pour le lendemain car chaque jour est « le dernier jour pour remplir le dossier ». Au début, j'écrivais à la main et en anglais, en personnalisant selon chaque université. Et quand il s'agissait d'une école japonaise, je mettais plein de superlatifs et de trucs suce-boules genre « avec ma très haute considération ». Le Japon pour moi c'est kif-kif la reine d'Angleterre pour Mangeclous. Je te leur fais des ronds de jambe et je signe : « Joann Sfar, Mangaka ». Qu'est-ce que je suis con. Comme ça se produisait toujours au dernier moment et que je fais trois métiers à la fois, je n'avais pas le temps d'aller à l'école remettre la lettre manuscrite à l'élève. C'est pourquoi je lui demandais de passer chez moi récupérer mes tartines de compliments tellement excessifs que quiconque les lisait devait se demander soit si j'avais déniché un Picasso fois mille, soit si j'étais une grosse connasse de mère juive qui pensait que son gosse de cinq ans était déjà neurobiologiste et qui faute d'enfants en bas âge à portée de main reportait son admiration hors de propos sur des élèves qui n'avaient rien fait de mal. Encore des victimes innocentes. Si l'élève était de sexe féminin je prenais bien soin de ne jamais être seul chez moi lorsqu'elle venait. Et je prévenais par avance qu'on ne serait pas seuls à l'aide d'une phrase subtile du genre « Louise et moi rentrons vers dix-huit heures ». On devient complètement tarés.

Il y a trois ans, alors que j'étais encore célibataire et pas encore professeur, une grande blonde, coupe au carré et Dr. Martens, est venue me voir dans un festival de bande dessinée en me demandant d'être ma stagiaire. Je n'ai jamais pris de stagiaire. Dans mes studios de cinéma ou de dessin animé, oui, ou bien dans le cadre d'une maison d'édition, ça peut rimer à quelque chose, mais pas dans l'atelier d'un auteur de bandes dessinées. Je ne sais déjà pas quoi faire de moi. « Je vous ferai votre café » est un argument qui n'a plus cours depuis l'avènement de Nespresso et il y a une limite au nombre de cafés qu'on peut ingérer dans le seul objectif qu'une personne justifie sa présence chez vous. Je me rappelle qu'elle s'était pas mal maquillée et qu'elle a aligné toutes sortes de phrases valorisantes mais qui mettent mal à l'aise. Et je ne savais plus quoi dire.

Elle argumentait : « Je suis certaine que vous ne savez pas vous occuper de vous-même et que ça vous ferait plaisir que quelqu'un vous fasse à manger et se charge de toutes les petites choses de la vie, pendant ce temps vous pourriez écrire et dessiner et durant les pauses on parlerait de ça. » De ça ? « De création, parce que je suis dessinatrice et écrivaine. Enfin je veux le devenir. Je suis grande en taille, je fais trois mètres cinquante de haut et je chausse du quarante-six fillette comme Bérurier dans *San Antonio*, mais j'ai tout à apprendre, je veux dire, à l'intérieur. » Oui, mademoiselle, moi aussi je suis complètement paumé, vous me faites penser à ce dessin de Pétillon après la révolution roumaine. Son détective Jack Palmer est dans une soupente à Paris, près de son téléphone, à attendre d'hypothétiques clients, quand un Roumain appelle : « Je détective Bucarest, je lire avec intérêt vos aventures, je venir d'ouvrir cabinet et... » Et Jack Palmer enchaîne : « Et vous voudriez me donner quelques conseils ? » J'ai répondu que je ne pouvais pas avoir ce rôle-là. Que comme tous les humains abandonnés sur cette planète, oui, j'aimerais bien que quelqu'un s'occupe de moi, mais que ça s'appelait soit une mère, soit un conjoint, et que je n'y croyais pas trop dans le cadre du travail.

La discussion devenait un peu bizarre. Elle était là

avec trois copines, tout aussi grandes (je fais un mètre quatre-vingt-un et j'avais pas mal de centimètres de moins que toutes ces grandes filles, manifestement c'était très amusant de me faire rougir en public). J'ai fini par dire que je voulais bien regarder ses bandes dessinées et ses dessins. Qu'elle pouvait passer à la maison quelques jours plus tard, et que même, si elle voulait, elle pourrait venir de temps en temps pour qu'on voie ses progrès, mais de façon informelle, parce que je ne voulais surtout pas de quelqu'un qui squatte chez moi.

Elle est venue chez moi et on a parlé dix minutes de ses dessins. J'ai l'impression que ça ne sert jamais à rien. La seule chose qu'on peut réellement faire c'est dire : « Fais davantage de dessin d'après nature. » Puis désosser quelques pages de bandes dessinées ou quelques illustrations en saupoudrant les commentaires de compliments afin de ne pas déprimer l'artiste, puis proposer d'autres types de composition, montrer qu'en retirant une image parfois ça marche mieux, souligner certaines incohérences. En réalité, à part « Dessine tout le temps », « Tu ne dessines pas assez », « Dessine davantage », « Regarde le monde » et « Dessine encore », je ne vois pas bien à quoi je sers, quand l'élève attend de moi quelque chose qui est dans sa main, ou qui n'y sera jamais.

Elle dansait d'un pied sur l'autre. Je n'étais pas encore professeur. Elle n'était pas mon élève et nous étions majeurs tous les deux, et j'ai beau être sourd, aveugle et complètement patatoïde dans ma façon de comprendre les relations humaines, je voyais bien que ça pouvait déraper dans autre chose. Sans doute par orgueil, j'ai fait comme si je ne m'en rendais pas compte. Plus elle s'approchait, plus je reculais, jusqu'à me plaquer aux vitres comme ces bonshommes en caoutchouc translucide. On les recouvre de bave pour les jeter sur les parois et ils se recroquevillent ensuite tandis que leur anatomie descend péniblement du haut de la fenêtre vers le sol. Elle ne sentait pas mauvais. Et je voyais bien que les mouvements de mèches de cheveux avaient pour but de créer des frôlements ou des machins qu'on ne sait pas trop gérer quand on n'est pas certain de vouloir éviter ou pas la confrontation anatomique. Alors j'ai pris mon crayon et j'ai dit : « Voilà, j'ai regardé vos travaux. Vous n'allez pas me faire un café, mais je vais vous dessiner. » C'est marrant le nu, ça sert aussi à se débarrasser des gens. Elle voulait bien être nue, je crois, et je lui ai dit : « Non, je vous dessine telle que vous êtes, gardez le pull, les chaussures, tout. » J'étais très concentré, j'ai rempli tout un carnet de cette fille trop grande pour mon canapé.

La semaine qui a suivi, j'ai vu une autre personne, immense aussi, y compris en poids, et ça lui allait très bien. Ça ne se fait pas, lorsqu'on décrit une personne, de dire « un Klimt », mais on gagne du temps. Donc oui, un Klimt, qui souhaitait je ne sais quoi. Mais pas poser nue. Alors je lui ai dit que finalement je ne la dessinerais pas nue. Parce que ça me gênait. Si ça te gêne de dessiner une personne nue, c'est que tu éprouves davantage qu'un intérêt artistique à sa contemplation. Dans ce cas, si tu ne veux pas finir en couple avec elle, il vaut mieux dire non. Je lui ai donc écrit : « Oui, je conçois que le nu te dérange et je propose qu'on ne le fasse pas. » Elle m'a répondu : « Tu n'avais jamais mentionné le fait que poser pour toi c'était poser nue, mais non, ça ne me dérange pas. Dis-moi quand tu souhaites qu'on se voie. » Comment tu veux que je lui réponde : « Non, je ne dessine nues que les filles que je ne désire pas trop car sinon ça finit en dévoration et qui sait en couple et c'est la dernière chose dont j'aie besoin en ce moment, vivant une vie dissolue que je n'aime pas, et me trouvant comme un idiot plus souvent qu'à mon tour à pratiquer l'intimité par politesse et le matin à pleurer » ? Je ne l'ai pas revue. Elle m'a écrit qu'elle était vexée, et m'a demandé ce qu'elle devait faire pour me donner envie de la dessiner. Rien ne va. Jamais. On s'y prend tout le temps mal. J'aimerais bien qu'on appelle les artistes « docteur » ou « président » ou qu'on sache qu'ils sont eunuques, enfin un truc pour les mettre à distance, comme les vitres qu'on veut imposer dans les tribunaux en ce moment afin que l'accusé soit séparé du monde, pour qu'il ait la gueule du coupable avant même les délibérations des jurés.

Il y a aussi trop souvent : « J'ai dix-huit ans, alors où est le problème ? » Ce à quoi je réponds le plus poliment possible : « Oui, je cherche un modèle vivant mais je ne veux pas confondre un modèle et une lectrice. Et je ne dessine pas nue une personne à peine majeure. » On me répond immanquablement : « Si ça te fait chier que je sois à poil, je garderai mes vêtements et je suis majeure. Il n'y a pas de "à peine majeure" dans la loi française, alors tu es bête. » Je réponds que je ne suis pas intéressé. On m'engueule et me fait des remarques vexantes au sujet de mon manque de couilles ou de mon incohérence. On me demande à partir de quel âge c'est acceptable d'être un modèle vivant. On me dit bien entendu qu'on travaille pour plein d'autres peintres et photographes qui ont chacun trois fois mon âge, et pour qui je me prends avec mes considérations ? Je n'accepte jamais. On repart vexée en me disant des choses désagréables.

J'ai vraiment toutes ces inquiétudes en tête lorsqu'une élève de sexe féminin doit passer chez moi chercher un certificat ? Oui, car on est en train de nous rendre fous avec cette idée que dès qu'il est seul avec une femme, l'homme se comportera mal. Je me sens responsable et coupable pour tous les hommes. J'intègre par masochisme et avec excès cette idée que le mâle serait une saloperie dominante à qui on ne peut pas se fier. Alors on va éviter tout contact et s'habiller de façon prude, s'entortiller dans des règlements car on sait que tout homme est une bête et qu'on n'y peut rien. « Tu peux pas régler un peu tes problèmes ? » me dit Louise au sujet de mes angoisses d'enfance.

Vous voyez le lien ? Le modèle vivant, c'est ma mère. Je veux la dessiner, car c'est tout ce qu'on peut faire lorsqu'on souhaite qu'une personne reste dans la sphère divine. Elle vous manque mais vous ne voulez surtout pas la toucher car ce serait mourir aussi.

Je dois absolument séparer la personne que je vais aimer, avec qui je vais vivre, faire l'amour, faire des enfants et dormir blotti, de la femme que je dessine, déesse morte. Régler mes problèmes, c'est impossible.

Car l'analyse consiste à débusquer les contresens ou les chemins où notre pensée paresseuse et avide de souffrance nous entraîne chaque matin. Impossible dans le cas de la mère morte car chaque chemin mène au pire. Avant l'analyse on pense que tout est de notre faute : « Papa a dû rester à l'étage pour s'occuper de moi. C'est à cause de moi s'il n'a pas assisté à l'agonie de maman. Si je n'avais pas été là, elle aurait survécu. » Puis, bon gars, on fait le travail introspectif. On pense aux cris paternels, à la peur irrationnelle qu'il nous inspirait enfant et on effectue une révolution symbolique, en tentant de se convaincre que c'est un progrès : « En fait, non. En fait, j'aime les vampires et les monstres mais dans ma représentation enfantine, le monstre ce n'est pas moi, c'est mon père. » Quand, les larmes dans les yeux, papa me disait : « Ce n'est pas moi qui l'ai tuée, ta mère » au plus fort de nos disputes, je traduisais : « Oui, j'aurais eu la puissance nécessaire pour tuer ta maman puisque je suis un père. » Et ça ne règle rien. Se dire que cette détestation ou cette terreur qu'on avait pour sa propre malfaisance, en fait on l'a inconsciemment plaquée sur le père et sur la figure paternelle en général, ça ne s'appelle pas du « progrès », ça s'appelle « déplacer la terreur ». Et évidemment, parce que la pensée paradoxale qu'affectionnent les analystes va dans cette direction, on va finir par se dire : « Finalement la seule personne là-dedans à qui je n'en ai jamais voulu, c'est maman. Alors je pourrais aussi lui en vouloir à elle, d'être morte. Et à partir de là ce serait très intelligent que je me mette à devenir misogyne. » Aucune de ces trois routes ne mène à la santé mentale. On peut alors faire semblant de croire en Dieu pour avoir quelqu'un à blâmer. C'est le début d'une terreur hyperbolique et de la certitude que le monde est au mieux méchant et plus sûrement aveugle. On est bien avancé avec ça.

Donc non, je ne peux pas régler mes problèmes. Surtout pas à la montagne. Surtout pas pendant les fêtes de Noël.

Je pensais que ça m'avait passé. Pendant mes vingt-cinq ans de vie avec Sandrina, nous n'avons jamais pu aller à la montagne. On cherchait le soleil chaque fois qu'approchait la date du 11 janvier. Je m'étais créé un triangle des Bermudes morbide qui débutait le 12 novembre, anniversaire de mon père, et se terminait à la date de la mort de maman. Période pendant laquelle il me fallait le plus de soleil possible. Cette année, parce que je pensais avoir grandi, j'ai accepté d'accompagner Louise dans un chalet à la neige. Avec sa cousine et leurs amis. Il fallait se baisser pour ne pas se cogner aux portes basses de la maison.

Nous étions dans une chambre et je me suis mis à étouffer. À cinq heures du matin, j'ai voulu ouvrir une fenêtre. Il faisait si sombre que je ne voyais ni mes mains ni rien. Tu ouvres les paupières et c'est aussi noir qu'avant. Je suis tombé. J'ai finalement trouvé la fenêtre, puis le volet. Et j'ai poussé comme un taré, ça ne s'ouvrait pas. Ni lumière ni air. J'ai fini par comprendre qu'il y avait un mur de neige devant la fenêtre. Ça m'a rendu cintré. J'ai mis des thermo-vêtements et des chaussures de neige. Je suis descendu chercher une pelle en me baissant pour ne pas m'exploser la tête contre la porte trop basse mais je me suis relevé trop tôt et je me suis tout de même cogné. Puis avec ma pelle j'ai passé deux heures entières à déblayer, depuis le parking jusqu'à l'escalier de bois permettant de monter sur notre balcon, après quoi j'ai enlevé les deux mètres de neige qui obstruaient le volet, mais ça n'a rien réglé. J'ai continué de chercher de l'air en permanence. Le jour, car ça manquait d'oxygène et la nuit aussi, à cause du chauffage électrique, qui a bon dos. Thomas Edison n'y est pour rien, j'ai su que je n'allais pas y arriver. Je comptais les minutes et faisais la vie impossible à tout le monde. Quand ils font tous la fête et que tu te forces, tu plombes l'ambiance. Un peu comme quand Jean-Marc Ayrault tentait de nous faire croire qu'il était Premier ministre. On m'a dit que je gâchais les vacances. Et c'était vrai. J'ai fini par prendre prétexte d'une dispute absurde pour me sauver. Avant le réveil de tout le monde. Pour ne pas avoir à m'expliquer devant la dizaine de personnes qui dormaient au chalet. De peur de croiser quiconque, je suis parti sans même emporter mes valises, j'ai filé avec la bagnole. Je ne sais pas par quel miracle Louise ne m'a pas quitté à cause de ça. Ça laisse des traces. Elle me dit : « Il faut que tu règles tes problèmes. » Je suis assez grand pour savoir que ça ne va pas se régler. Il va juste falloir éviter la montagne à certaines dates. Je suis déjà heureux de tenir debout et d'être parvenu à faire un métier avec mes névroses, l'âge permet juste d'avoir la certitude qu'un prof de sport est plus utile qu'un psychanalyste, et que lorsqu'une bête a souffert, il ne faut pas trop lui en demander sur le lieu de sa blessure.

Mais au milieu de tout ça, la résurgence du sujet des violences faites aux femmes, ça exacerbe tout. Car tout mon drame relève de ça. La violence faite à ma mère, imputable à personne, et qui grave pour toujours cette idée qu'on ne pourra jamais réparer ce qu'on leur fait, aux femmes. C'est dans mon cas une inquiétude qu'aucune politique ni aucun progrès de civilisation ne pourra régler. À chaque fois qu'on fait un procès à un acteur ou un producteur, je me repasse en boucle les fois où j'ai croisé des femmes, et je me demande si et quand je me serais mal comporté. Je parviens à faire le catalogue des centaines de fois où je me suis comporté comme une merde avec des filles. Les fois où j'ai embrassé trop tôt alors que je n'en avais pas envie. Les fois où il y a eu du sexe alors que ça ne faisait plaisir à personne. Les moments où je n'ai pas bandé et où on m'a engueulé. Ceux où je bandais quand ce n'était pas le moment. Tout. Les fois où on était ivre. Où on n'a pas rappelé. Où on a dit : « Ce serait bien que tu partes de chez moi, pardon, il n'existe aucune façon polie de le dire, ça fait trois jours que tu es là, je ne sais pas comment te dire que c'était une erreur qu'on se retrouve tous les deux dans une chambre. »

C'est ça, le machisme. Contre vents et marées, persister à se voir comme le danger. Continuer de se sentir coupable lorsque le cul ressemble à de la merde et qu'en vrai c'est la faute à personne. C'est normal que je me sente coupable de cette nuit où on s'est retrouvés, une copine, un garçon et moi, à trois dans un lit ? Et aucun de nous trois ne bandait, même la fille ne bandait pas. On a eu beau éteindre les lumières et se marrer et allumer la télé de l'hôtel, on n'était pas dedans, si j'ose dire. Et je réussis le prodige à la fois de me sentir coupable d'avoir proposé un plan à trois et de n'avoir même pas assuré. En fait on a passé une nuit hilares et ivres et la fille nous a dit au petit matin : « Les gars, silence absolu et total sur les événements, c'est la honte pour nous trois et d'avoir essayé et d'y être pas arrivés. » Alors que c'est une histoire marrante, lors de moments d'anxiété je suis capable de me dire que c'est ma faute et que je suis un monstre. Ce n'est pas normal que je me sente coupable de toutes les fois où ma bouche s'est retrouvée sur une chatte avant même qu'on ait eu le temps de bien discuter. Il est temps que je m'aperçoive que lorsque le cul ne mène nulle part, il y a torts partagés. Le progrès, ce sera quand on s'imaginera, y compris sur le terrain symbolique, égaux dans la dangerosité. Ça viendra sans doute pour le monde, dans mon cas c'est bien entendu un peu plus grave. Je ne parviendrai jamais à considérer les femmes comme aussi connes que le reste des gens.

Pour ce qui est des certificats aux étudiants, ça devient de plus en plus simple. Ils se contentent pour la plupart d'un mail. Ils n'exigent même plus que ce soit écrit en anglais. Je me mets à écrire de la même façon, qu'il s'agisse d'Ottawa ou de Kyoto. Quand on se met à rédiger une lettre pour des collègues japonais comme on écrirait à un Canadien, ça signifie qu'on s'habitue à son statut de professeur.

# 30

Je souhaite me réfugier dans un endroit depuis lequel je pourrais faire le portrait du monde vivant, sans en faire partie. Je ne sais pas combien de temps ce sera encore possible. Le temps de l'artiste, du peintre, de l'auteur, ça va s'arrêter. Guillermo del Toro, mon ami, se retrouve accusé d'avoir copié le sujet de son dernier film sur une œuvre d'étudiants. Je peux témoigner que c'est faux. Des années avant que ladite œuvre existe, Guillermo me racontait déjà dans le détail sa romance entre une femme de ménage et un homme poisson. Il a raconté cette histoire à tout le monde. Chacun de ses amis connaît son mythe de la femme de ménage et du triton. Peut-être même que les étudiants qui ont fait le film en question ont entendu son récit avant de se mettre au travail. On ne saura jamais. Ou bien c'était une idée dans l'air. Puisqu'on fait revivre tous les monstres mythiques les uns après les autres, évidemment on allait finir par s'attaquer à *Splash* ou à *L'Étrange Créature du lac noir*, qui sont le même film sauf que dans un cas c'est un homme en costume de sardine et dans l'autre c'est Daryl Hannah et sa queue orange. Et évidemment la lecture moderne de ce conte consiste à autoriser la petite sirène à retourner dans l'océan avec son amoureux humain qui pour l'occasion apprendra à respirer sous l'eau. Il y a une mécanique, deux roues qui tournent et sont prévisibles : la résurgence cyclique des grands mythes et leur adaptation aux valeurs morales du temps présent – aujourd'hui, on ne montrerait pas une Pocahontas qui s'intègre bien chez les Blancs mais un Blanc qui trouve formidable d'aller vivre sous l'eau. Enfin vous m'avez compris. Non, je ne confonds pas les Indiens d'Amérique avec les tritons, j'essaie de dire qu'on ne va pas pouvoir tenir. La voix singulière de l'artiste va s'arrêter au moment où l'on se racontera que n'importe quelle prise de parole en vaut une autre. Plongeons l'artiste dans l'idée que tous les propos sont équivalents et il n'y survivra pas.

Woody Allen a été accusé il y a vingt-cinq ans d'avoir abusé sexuellement d'une de ses filles adoptives, quand elle était enfant. Deux procès ont eu lieu qui l'ont innocenté, dont un qui a conclu à une vraisemblable manipulation. Aujourd'hui, la jeune victime réitère ses accusations et prétend qu'on n'a pas pris sa parole au sérieux. Un des fils de Woody Allen (Dylan) appuie le témoignage de sa sœur. Un autre de ses fils (Moses), aujourd'hui conseiller conjugal, répète depuis des années que tout ça a été monté de toutes pièces par sa mère. La réalité ? Comme dans chaque affaire de mœurs dans laquelle il n'y a que deux témoins, on ne saura jamais si Woody Allen a ou pas abusé de sa fille. Mais la justice a étudié le dossier et a décidé que ce n'était pas le cas. La réalité de l'affaire

Strauss-Kahn ? Les poursuites ont été abandonnées mais seules deux personnes savent ce qui s'est réellement passé dans la chambre du Novotel : Dominique Strauss-Kahn et Nafissatou Diallo. Oui, la justice a progressé. Oui, on écoute davantage la parole des victimes et il y a eu de grandes avancées dans la prise en compte, en particulier, des témoignages d'enfants. Mais au tribunal, on finit toujours par cette question : qui dit la vérité ? Charge à nous de décider si nous souhaitons rester dans un système juridique qui respecte la présomption d'innocence. La justice humaine consiste à rassembler des preuves et des témoignages, à les discuter, puis à décider selon son « intime conviction » d'une peine qui sera par définition imparfaite. Il n'y a pas vraiment le choix. C'est ça ou le châtiment divin et le retour à l'Inquisition.

C'est là qu'on va, non ? Del Toro peut prouver en deux minutes qu'il écrivait *La Forme de l'eau* des années avant que soit fait le film étudiant qu'on lui agite sous le nez, ça n'empêchera pas qu'on continue de répéter pour l'éternité qu'il a peut-être copié le projet de ce film. Woody Allen a été jugé deux fois il y a vingt-cinq ans, il ne s'est pas sauvé du tribunal, il n'a pas cherché à fuir les juges, deux tribunaux successifs l'ont déclaré innocent, et vingt-cinq ans plus tard des articles demandent si on a encore le droit de regarder les films de Woody Allen. La palme de l'incohérence va aux comédiens qui ont accepté de travailler avec lui alors que l'histoire de ce procès est publique depuis un quart de siècle et qui aujourd'hui reversent leur cachet à des œuvres caritatives en répétant que travailler avec Woody Allen a été la décision la plus grave de leur carrière. Il n'y a aucune limite sous un régime de confession et de terreur permanentes. Chacun veut donner des gages qu'il est pour le bien, pour la majorité, qu'il n'est pas le monstre. On sort de la raison et de la justice. On veut tous bien se dire qu'on a immédiatement les mêmes pensées. On sort du peintre et du modèle. Le modèle vivant c'est lorsqu'on regarde le monde, comme si on n'en faisait pas partie, le temps de se faire une idée. Ces voix qui nous regardent vivre et pointent nos incohérences et nos crimes, on ne veut absolument plus les entendre. Ce n'est plus tenable d'oser un discours en construction, sauvage, singulier et rieur. Twitter juge avant même que tu aies fini ta phrase.

Bien entendu, ça a du sens que Woody Allen soit au centre de la cible – ça me rappelle *Casino Royale* où il escalade un mur tandis que des deux côtés se trouve un peloton d'exécution. Depuis cinquante ans, Woody Allen tente de nous faire relire les romans russes. Toute son œuvre, derrière le rire, parle de la permanence du crime et du caractère dérisoire, ridicule ou injuste des châtiments qui en résultent. Il ne parle que de ça. De l'animalité du désir, de l'incohérence nécessaire et drôle qu'il y a entre ce à quoi nous aspirons et la bête qui nous fait agir. Mais on ne veut plus des artistes qui se trompent. On souhaite encore moins entendre les artistes qui ont raison. Nous sommes devenus des enfants enragés qui refusent qu'on leur parle. Le nihilisme n'a plus rien de progressiste puisqu'il est devenu la norme. Nous sommes dans un monde où l'on se fait taper sur les doigts. Les châtiments corporels reviennent. Le siècle dernier a adoré Harry Potter et son pensionnat anglais, je crois que les prochaines légendes populaires raconteront la magie des camps de redressement. Humanité, merde, tu ne vois pas que le principe d'un humain, c'est qu'il ne fonctionne pas ? On n'y peut rien. Le papier est devenu plus important que ce qu'on y écrit. Le génie, c'est celui qui fournit le contenu. L'éditeur ultime aujourd'hui, c'est Twitter. Et on tire à vue sur les fous qui continuent à s'accrocher à leur pinceau. À chaque discussion sur la situation sociale des artistes, on a droit à : « De quoi vous vous plaignez, vous faites le métier qui vous plaît. » C'est la même idée. Il n'y a jamais eu autant d'écoles d'art qu'aujourd'hui. Et pourtant j'ai l'impression qu'on n'a jamais détesté aussi fort les artistes.

## 31

16 janvier 2018

Chère Florence,

Il vaut peut-être mieux que je cesse de parler du réel dans mes livres. J'ai l'impression que l'époque ne s'y prête pas. On ne veut plus d'artistes ou bien on souhaite qu'ils décrivent autre chose que le monde. Ce n'est plus seulement juridique. Je perds le goût à force de me faire taper sur les doigts. Nous sortons de l'affaire Pimprenelle. On a évité un procès, du moins je l'espère. Et j'en suis à relire le présent texte et à me demander quoi enlever. On va changer tous les noms mais est-ce que ça suffira ? La loi interdit qu'on reconnaisse une personne dans un roman. C'est normal. Je comprends. Alors je devrais enlever le passage au sujet du suicide de ma comédienne car je peux changer tous les noms que je voudrais, on va la reconnaître. C'est ça que je dois faire ? Traiter mes livres aux ciseaux pour ne pas avoir vingt procès par livre ?

Je fais de l'autobiographie depuis vingt-cinq ans et je n'avais jamais eu le moindre souci, peut-être parce que très peu de monde lisait mes carnets, ou parce que l'époque a changé. Et lorsque je parle de la directrice des enseignements de l'École des beaux-arts de Paris, je devrais sans doute changer son nom ? Mais ça n'empêchera pas qu'on la reconnaisse. Si on garde le passage où M. le directeur me demande d'intercéder auprès de la ministre au sujet de notre tutelle, je vais me faire engueuler ?

Je t'écris tout cela car aujourd'hui a eu lieu mon bilan. La directrice des enseignements m'a annoncé qu'elle souhaitait me voir. Ça m'a fait plaisir. Je suis dans cette école depuis un an et demi et je suis heureux qu'on se préoccupe de ce qui se passe dans l'atelier. J'ai fait une réunion avec mes élèves auparavant. Pour qu'ils me disent les messages à transmettre. Ils m'ont demandé de dire qu'on n'avait pas assez de place, que ceux qui font peintres sont obligés de peindre à la maison. Ils me demandent de bien insister sur le fait qu'on a treize places pour trente élèves et que c'est compliqué. Ils souhaitent aussi que je parle de la nécessité de prévoir de petits budgets pour les fois où on veut aller à la campagne dessiner des chevaux dans un refuge de la SPA, ou bien acheter des tickets pour le festival d'Angoulême.

J'arrive dans le bureau de l'administration. La directrice, qui a mon âge, me tourne le dos et discute avec une élève. C'est très gênant. Est-il possible qu'elle ne m'ait pas vu ? On devait se voir hier et elle a reporté à aujourd'hui car elle avait d'autres rendez-vous. Les messieurs-dames du bureau lui font des signes, me font des gestes. Je n'ose pas interrompre sa conversation avec l'élève. Nous avions rendez-vous à seize heures, il est seize heures douze, douze minutes c'est rien, mais je te promets que dans un moment pareil, je veux dire debout à trois centimètres derrière une personne qui soit fait semblant de ne pas te voir, soit ne t'a pas vu, c'est long. Puis elle se tourne vers moi et me demande d'une voix très douce si je suis là depuis longtemps. Nous entrons dans son bureau. Elle a fait retirer tous les meubles à l'exception d'un socle de télévision, désormais sans téléviseur, et de trois fauteuils. C'est beau et spartiate, une grande salle des Beaux-Arts avec parquet Versailles, bow-windows et vue sur le jardin, vide et qui va le rester. C'est stressant. Je commence à me demander si je suis bien là pour parler du fonctionnement au quotidien de mon atelier.

Non. On souhaite avant tout me parler du « sujet très grave » dont je dois bien entendu être informé. Non, je ne sais rien. « Cela s'inscrit dans le prolongement de la table ronde avec Mme la ministre sur les questions de la protection de nos étudiants. » Je pense à *La Tache* de Philip Roth. Je n'ai jamais été un instant seul avec un étudiant ou une étudiante depuis deux ans. Jamais je n'ai eu avec quiconque d'attitude qui sorte de la relation professeur-élève. Et après une semaine de présence à l'atelier l'an dernier, j'ai présenté Louise à tout le monde pour qu'on voie bien que j'étais en couple et qu'il n'y aurait pas d'ambiguïté.

« Beaucoup de professeurs se sont émus, c'est très grave. » Je me demande si c'est parce que j'ai fait entrer de l'alcool dans l'école. J'ai l'atelier des gentils et des bons élèves. J'accepte énormément de première année, les plus sages, je donne des devoirs à faire toutes les semaines et quand on fait des fêtes, oui, chacun peut apporter du vin ou du cidre ou de l'eau-de-vie ou de la bière. Mais on n'a rien à voir avec tous les autres ateliers où les élèves arrivent stone. J'ai interdit que les éléments extérieurs à l'atelier viennent squatter ou faire des fêtes s'ils n'étaient pas acceptés par les étudiants. J'interdis qu'on fume. À chaque fois qu'un élève a été anxieux ou en larmes, à chaque fois que je m'en suis aperçu, j'ai essayé de discuter avec lui ou avec elle. À chaque fois j'ai fait de mon mieux pour que mon intervention n'aille pas plus loin que la recherche d'une façon de se remettre au travail. « Mets le dessin en premier. Tu ne peux rien faire contre ces émotions ou ces mauvaises nouvelles qui te gâchent la vie, c'est le monde. Sortir de la barbarie, c'est accepter cette frustration et cette insatisfaction, appelons-la "mélancolie" si nous sommes dans un jour littéraire, et ce temps qui manque, ces machines qui se goupillent mal et te font voir trop clairement que la vie ne rime à rien, fais-en du dessin, c'est la plus jolie activité, c'est ce que tu peux faire du monde : un portrait vivant. »

Florence, je suis dézingué, le monde ne veut plus qu'on fasse son portrait. Le modèle vivant se révolte et ne veut plus des artistes. L'idée, c'est que toutes les paroles se valent, qu'une photo de téléphone et un dessin c'est la même chose, et que les mots d'un romancier sont tout aussi judiciarisables qu'un tweet.

Tu te demandes ce que c'est, la chose grave ? C'est Psychotropine. Dans le roman *Vous connaissez peut-être*, j'ai évoqué en une page quelques-uns de mes élèves. « Joann, ce que tu as écrit sur Psychotropine porte atteinte à son intégrité, me dit la directrice, nous avons un devoir de protection vis-à-vis de nos élèves. Je n'ai pas encore lu ton roman, j'ai juste lu cette page, mais je tiens à te dire que… » Je n'ai ni le physique ni les nerfs pour jouer les frêles héros de Kafka qui attendent patiemment leur sentence absurde. Je suis un gros con de Niçois et il faut que ça serve parfois, pour mettre sur vitesse rapide, pour gagner du temps. Je dis immédiatement à ma directrice que si nous sommes dans le cadre d'un entretien judiciaire, j'en sors, merci, et que je souhaite qu'elle fasse attention. Mon avocat m'a assez confirmé que j'ai le droit de citer un tiers à condition de rester dans des remarques anodines. Je ne dis rien sur Psychotropine, pas plus que sur mes autres élèves dans ce texte. J'ai dû écrire que Psychotropine me promettait de se mettre au travail. Je ne me rappelle plus. Je fais ensuite remarquer à ma directrice des enseignements qu'elle n'est pas non plus mon éditrice. Donc je n'accepte pas la comédie du mauvais garçon qui va se faire taper sur les doigts car il aurait commis une faute professionnelle.

J'apprends que toute l'école est au courant. Psychotropine a donc raconté à tous les professeurs, à la direction ainsi qu'à de nombreux élèves que j'avais écrit sur elle des choses extrêmement blessantes et qu'elle en avait conçu une peine immense. Mon attitude sur ces sujets a toujours été la même : je cite le nom des gens lorsque je n'en dis pas de mal, ou lorsque c'est anodin. Écrire qu'une élève pourrait bosser davantage ne me semble pas un crime. Oui, c'était une erreur de citer son prénom. Je n'aurais pas dû. Je ne mesurais pas que j'avais pu la blesser. La directrice me dit que cela a traumatisé cette élève qui a eu à cause de ça une année difficile. Heu… comment te dire… le livre est paru fin août et l'année scolaire s'est terminée en juin ! Et cette élève avait déjà quitté mon atelier avant la fin, car, m'avait-elle dit, j'en demandais trop en dessin.

Je deviens parano. Je commence à me demander si j'ai le droit de dire oralement à un élève qu'il n'en rame pas une, qu'il gâche son talent et que nous sommes dans un atelier à l'ancienne, je veux dire un truc où on bosse. Je suis un con. Bien entendu cette élève a raison. Elle a un prénom atypique. On peut citer les Valérie et les Stéphanie, mais dans la mesure où il y a très peu de

Psychotropine, il faut être délicat avant de les nommer. « Ce n'est pas grave », me dit finalement ma directrice. Sous-entendu : puisque je reconnais mes fautes. Je fais savoir que bien entendu le nom sera changé lors des réimpressions et qu'il faut transmettre de ma part mes excuses à cette étudiante si tout cela a pu la blesser. Ce n'était bien entendu pas mon intention et si son nom est resté dans ce texte, c'est parce que ni les deux avocats qui ont relu le manuscrit, ni l'éditrice, ni moi-même n'avons pensé qu'il contenait quoi que ce soit de dépréciatif. « Je suis l'Éternel ton Dieu, tu n'invoqueras pas mon nom en vain et puisque j'ai fait l'homme à mon image et que la femme est devenue un homme comme les autres, je te saurai gré de ne plus nommer personne, pas plus que de faire un dessin ressemblant du monde que tu vois. » Si Psychotropine m'avait parlé de cette histoire, je lui aurais présenté des excuses. Comme elle a jugé bon d'en parler à la terre entière sauf à moi, je lui présente mes plus sincères regrets par l'intermédiaire de la direction.

Puisqu'on ne peut plus faire le portrait ni des gens ni du monde, le roman m'apparaît soudain plus nécessaire que jamais. Je dois trouver une méthode pour continuer de raconter tout ce qui me semble vrai sans avoir un procès toutes les trois lignes. Ma directrice me parle de choses et d'autres. Elle porte une longue robe noire et un casque de cheveux roux élégant et médiéval. C'est une personne délicate et fine, qui m'a toujours défendu. Je regrette cette petite comédie qu'elle a dû jouer et que je viens de subir. Je la regarde. Je ne sais pas si elle y croit. Arrête de citer Céline, Joann Sfar, tu vas perdre ton lectorat juif. Mais tout de même, le « Vous y croyez, cher collègue, à la médecine ? » prononcé par un chirurgien de guerre au plus fort du massacre, c'est la phrase du siècle.

Cette semaine il y a eu les Golden Globes. Les comédiennes américaines étaient toutes en robe noire pour porter le deuil ou décréter leur solidarité envers les victimes de harcèlement, car le corps, surtout s'il est féminin, ne doit plus relever de la viande, de la concupiscence, de la boucherie. Oui, mais elles avaient quand même des robes de pute. J'ai le droit de l'écrire, cette phrase, ou elle est compliquée ? On a le droit de mettre le doigt sur la comédie qui se joue ? De réclamer de la nuance ? De dire que l'unanimité tue les meilleures causes ? J'en peux plus de ces tribus humaines qui chaque jour exigent d'avoir une opinion. Je veux regarder le vrai monde. Le dessiner. M'en faire un portrait vivant PUIS décider du sens qu'il a. Ça veut dire quoi Oprah Winfrey qui, du haut de ses milliards et forte de ses excellents auteurs, prend la parole pour les déshérités ? On a le droit de dire qu'on la trouve aussi fausse que Donald Trump et que tout ça est très mal dessiné ? Comme Romain Gary qui, voyant Marlon Brando prêcher pour les droits civiques une larme au coin de l'œil, s'est écrié : « Le salaud, il joue ! »
Ne plus dessiner, ne plus faire de portrait du monde, c'est sauter vers l'opinion sans se préoccuper un instant de la vérité. Un dessinateur ne devrait rien chercher d'autre que la justesse. Depuis 1917, un auteur doit à chaque phrase décider s'il est du côté du bien ou dans le camp fasciste. Avant, l'écriture était libre. On peut se contraindre chaque jour – je veux dire dans la vraie vie, mais dans les livres, non. Dans nos dessins, non. Il faut un espace de transgression et de mauvais esprit et de recherche non judiciarisée de la vérité. Je ne sais pas faire le portrait du monde en changeant les noms, les circonstances et tout. Si c'est ça, je continue les chats et les vampires. Mais non, je ne peux pas faire les chats et

les vampires – je veux dire Poupoute et Paf, je ne peux pas faire Poupoute et Paf si en dessous il n'y a pas la pratique du carnet. Les yeux ouverts. Avec ce que ça comporte de vrais noms, de vraies situations scabreuses et de réelles interrogations sur le sens à donner aux événements.

Non. Je vais tout écrire, Florence. Puis on va tout rechanger derrière. On n'a qu'à dire que je suis professeur aux Ponts et Chaussées et que ma directrice s'appelle Georges Clemenceau.

J'ai envoyé Angelot chez le fils d'un ami – il va falloir changer le prénom d'Angelot. Mon ami cherche un professeur de dessin pour son fils de trente ans qui est autiste. Angelot ne m'a rien raconté. Il m'a juste dit que ça s'était bien passé. Mon ami m'a fait savoir qu'il y avait eu débat au sujet de la représentation d'une pomme. Angelot souhaitait la peindre de l'extérieur et l'élève de trente ans regrettait qu'on ne puisse pas dire aussi les quartiers, le trognon et les pépins. C'est la leçon la plus importante depuis que je suis aux Beaux-Arts.

Joann

## Du même auteur :

*Aux Éditions Albin Michel*

L'Éternel, roman
Le Plus Grand Philosophe de France, roman
Comment tu parles de ton père
Vous connaissez peut-être

*Aux Éditions de l'Association*

Le Borgne Gauchet
Le Borgne Gauchet au centre de la terre
Les Carnets de Joann Sfar – Harmonica
Les Carnets de Joann Sfar – Ukulélé
Les Carnets de Joann Sfar – Parapluie
Les Carnets de Joann Sfar – Piano
Les Carnets de Joann Sfar – Caravan
Noyé le poisson
Paris-Londres
Pascin, sept tomes
Le Petit Monde du Golem
Petit Vampire petite voiture *in* lapin

*Aux Éditions Cornélius*

Les Aventures d'Ossour Hyrsidoux, deux tomes

*Aux Éditions Dargaud*

Le Chat du rabbin, sept tomes
L'Art du chat du rabbin, avec Antoine Delesvaux et Serge Moati
Brassens ou la Liberté
Gainsbourg – Hors Champ
Gainsbourg – Images
Les Lumières de la France
Merlin, quatre tomes, avec José Luis Munuera
Le Minuscule Mousquetaire, trois tomes
Normal
Sardine de l'espace, quatre tomes, avec Emmanuel Guibert
Socrate le demi-chien, trois tomes, avec Christophe Blain
Tokyo
La Vallée des merveilles
La Ville des mauvais rêves, avec David B.

*Aux Éditions Delcourt*

Le Bestiaire amoureux, quatre tomes
Les Carnets de Joann Sfar – Greffier
Les Carnets de Joann Sfar – Missionnaire
Les Carnets de Joann Sfar – Maharajah
Les Carnets de Joann Sfar – Croisette
Les Carnets de Joann Sfar – Si Dieu existe

LES CARNETS DE JOANN SFAR – JE T'AIME MA CHATTE
DONJON, trente-neuf tomes, avec Alfred, Andreas, Bézian, Blanquet, Blain, Blutch, Boulet, Gaultier, Kéramidas, Kerascoët, Killoffer, Larcenet, Mazan, Menu, Moragues, Nine, Obion, Stanislas, Vermot-Desroches et Yoann – en collaboration avec Lewis Trondheim.
PETIT VAMPIRE, sept tomes et une compilation des tomes 1, 2, 4 et 6
GRAND VAMPIRE, six tomes
VAMPIRE, avec Sandrina Jardel
PETRUS BARBYGÈRE, deux tomes, avec Pierre Dubois
LES POTAMOKS, trois tomes, avec José Luis Munuera
PROFESSEUR BELL, cinq tomes, avec Hervé Tanquerelle
TROLL, six tomes, avec J.-D. Morvan, O.G. Boiscommun et Thomas Labourot

*Aux Éditions Denoël*

L'HOMME-ARBRE, deux tomes

*Aux Éditions Dupuis*

LA FILLE DU PROFESSEUR, avec Emmanuel Guibert
LES OLIVES NOIRES, trois tomes, avec Emmanuel Guibert

*Aux Éditions Flammarion*

À CAUSE DE LA VIE, avec Véronique Ovaldé

*Aux Éditions Futuropolis*

LA PROMESSE DE L'AUBE – texte de Romain Gary

*Aux Éditions Gallimard*

À BICYCLETTE, UN TOUR DE FRANCE
L'ANCIEN TEMPS
BRASSENS, chansons illustrées
CHAGALL EN RUSSIE, deux tomes
JEANGOT, avec Clément Oubrerie
JOURNAL DE MERDE
KLEZMER, cinq tomes
MONSIEUR CROCODILE A BEAUCOUP FAIM
LE PETIT PRINCE – d'après Saint-Exupéry
STARS OF THE STARS, un tome, avec Pénélope Bagieu

*Aux Éditions Hazan*

JE L'APPELLE MONSIEUR BONNARD

*Aux Éditions Impressions Nouvelles*

ENTRETIENS AVEC JOANN SFAR, avec Thierry Groensteen

*Aux Éditions Michel Lafon*

LE NIÇOIS
FARNIENTE

*Aux Éditions Marabout*

SI J'ÉTAIS UNE FEMME, JE M'ÉPOUSERAIS

*Aux Éditions Nathan*

CONTES ET RÉCITS DES HÉROS DU MOYEN ÂGE, avec Gilles Massardier

*Aux Éditions Rue de Sèvres*

Tu n'as rien à craindre de moi
Fin de la parenthèse (septembre 2016)
Petit Vampire acte 1 : Le Serment des pirates
Petit Vampire acte 2 : La Maison de la terreur qui fait peur

# Life Run

First published in Great Britain in 2026 by
Tilden Publishing
www.tildenpublishing.com



A CIP catalogue record for this book is available from the British Library.

ISBN: 978-1-0369-5402-4

Typeset by Raspberry Creative Type, Edinburgh
Cover art by Fipsi Seilern
Cover design by Maria Amor

Printed and bound in Great Britain by Clays Ltd, Elcograf S.p.A

FSC
www.fsc.org
MIX
Paper | Supporting responsible forestry
FSC® C018072